眾神的停車位

遠流

眾神的停車位

作者⋯⋯⋯⋯⋯⋯黃春明・楊蔚齡・何致和
方　梓・林巧鄉・廖冠博
黃千芳・蘇頌淇・羅　羅
孫梓評・陳香吟・李良安
許榮哲

●

主編⋯⋯⋯⋯⋯⋯黃春明
責任編輯⋯⋯⋯⋯曾淑正

●

發行人⋯⋯⋯⋯⋯王榮文
出版發行⋯⋯⋯⋯遠流出版事業股份有限公司
台北市汀州路三段184號7樓之5
電話⋯⋯⋯⋯⋯⋯(02)2365-1212
傳真⋯⋯⋯⋯⋯⋯(02)2365-7979
郵政劃撥⋯⋯⋯⋯0189456-1

●

香港發行⋯⋯⋯⋯遠流（香港）出版公司
香港北角英皇道310號雲華大廈4樓505室
電話⋯⋯⋯⋯⋯⋯(852)2508-9048
傳真⋯⋯⋯⋯⋯⋯(852)2503-3258
香港售價⋯⋯⋯⋯港幣83元

●

法律顧問⋯⋯⋯⋯王秀哲律師・董安丹律師
著作權顧問⋯⋯⋯蕭雄淋律師

●

排版印刷⋯⋯⋯⋯鴻柏印刷事業股份有限公司

●

2002年7月16日 ⋯⋯⋯⋯初版一刷
行政院新聞局局版台業字第1295號
售價⋯⋯⋯⋯⋯⋯250元

ISBN 957-32-4674-0

http://www.ylib.com
e-mail : ylib@ylib.com

國家圖書館出版品預行編目資料

眾神的停車位／黃春明編．--初版．
--臺北市：遠流，2002〔民91〕
面；　公分

ISBN 957-32-4674-0（平裝）

857.61　　91010463

眾神的停車位

黃春明 編

黃春明來了！

東華大學人文社會科學學院院長
顏崑陽

黃春明來了！這真是一個很讓許多人歡喜與期待的消息。

二〇〇一年秋天，東華大學「創作與英語文學研究所」邀請黃春明來當「駐校作家」。他將在這裡一年，讓許多喜歡他小說的人，能夠穿過作品的世界，而貼近他；貼近他所經歷過的生活世界以及種種喜悅、悲傷，甚至於憤怒。

他最主要的工作，是在課堂內帶引一群研究生讀小說、談小說以及寫小說。這群研究生都是新銳作家，各有自己的才情與成就。聽說他們都很喜歡黃春明；我想，一定是黃春明讓他們感受到了率真、熱忱的性情趣味、豐實的生活經驗以及彷彿永遠用不完的青春活力吧！

我覺得，黃春明真像個「老孩子」。六十多歲，已經有那麼高的社會聲望。然而，他的生命卻似乎還在「青春期」，社會聲望並沒有在他坦坦然的身上塗下粉墨，現代五花八門的理論知識也沒有醃漬了他最真的性情。他一直都活力充沛地用自己的手腳、心眼去探觸這生機無限的世界。

我想，他就是用他自己這個「人」，去帶動學生的創造力吧！他一直都不是扛著大套大套理論的作家，而是創造經驗以提供別人拿他去說成大套大套理論的作家。

「我們能看到黃春明，和他說說話嗎？」

或許，大家知道，我是黃春明的朋友。這段期間，經常接到這樣滿懷期待的詢問。詢問的人，從學生到教師到花蓮地方的文學愛好者都有。因此，我明白，黃春明來了，他卻不只是被限在一個系所裡的作家，而是全校許多人都想貼近的作家。甚至，他不只是被限在東華大學校園內的作家，而是全花蓮許多人都想貼近的作家。黃春明也一直相信，小說原本就是屬於大眾的。他最近正打算在東華校園內，推出「把小說還給大眾」的活動。

因此，我和創作與英語文學研究所的主任曾珍珍教授，設計了「黃春明時間」，選在東華大學校園外一家名叫 people 的咖啡屋，連續五個星期四的晚上，讓喜歡文學，喜歡黃春明的人，坐下來喝杯茶，輕鬆地和他聊聊生活、小說及其他，每一次都有一個主要的話題。黃春明能談的東西很多，除了大家所熟悉的小說之外，他還拍攝過紀錄片、廣告片，弄過平面廣告設計、撕畫及兒童文學，他也搞過社區營造，調查過農村社會和生活息息相關的食用、藥用植物，而且每樣都有他的獨創性。「黃春明時間」反應熱烈極了，讓大家見識到一個創造力豐沛而多向的「黃春明」。

最近，我一直在想：黃春明來了，在東華大學一年，究竟為這校園帶來了什麼？答案就是，他為東華大學甚至花蓮地區帶來了豐沛的創造活力。二〇〇一年秋天到二〇〇二年夏天，東華非常文學！而東華大學也將隨著黃春明進入台灣文學史。

我知道，黃春明很喜歡東華大學。他連校園內一種稀有的「綬草」都關懷到了，只要有人亂挖這種小草，他一定會上去勸阻。結束了「駐校作家」的聘約，怎麼讓黃春明一直留在這兒？這是最近我、曾珍珍以及很多人都在想著的問題。黃春明自己開玩笑說：能在東華當「駐校警衛」也好！我期待，那些「綬草」能繼續得到他的保護。

如今，黃春明和他的學生們一起創作的小說集，就要由「遠流」出版了。這一年，東華非常文學，也有了豐碩的成果。我知道，這不是東華最後一個文學豐年。一粒活力充沛的稻子，被種植在肥沃的土地上，將會生生不息地繁衍下去。

緣起

東華大學創作與英語文學研究所所長
曾珍珍

今年二二八紀念日，趁著放假特地上台北探望前系主任吳潛誠的遺孀林紫芬女士。自從追悼會後，一直系務與母職兩頭忙，除了互通幾次電話之外，竟未能抽暇和原本相熟的紫芬聚首。算算潛誠辭世也已兩年多了，而當初他與楊牧院長倡議成立的創作與英語文學研究所，在我臨危上陣接續他完成未竟遺志迄今，已經進入第二年，尤其全台首創的ＭＦＡ文學創作碩士班，由於李永平、郭強生的投入教學陣容，加上郝譽翔、陳黎、陳奭學、須文蔚等人的支援，每年總是吸引了許多深具創作潛力的年輕寫手前來報考，錄取者更是其中的佼佼者。這學年，由我親自擔綱講授的英文閱讀密集訓練，以當年在台大外文系習自於王文興老師的精讀絕竅，有效啟迪了學生們如何從西洋文學經典汲取寫作技巧，並倫常洞見，又因為禮聘了黃春明擔任駐校作家，他與鄉土共生的親和力發揮了神奇的凝聚作用。就這樣，經過了一年多來大家的潛心經營，一個小規模的，摶合了師生一起投入寫作志業的文學社群，終於在東華校園初現端倪。也許因為剛接任時的誠惶誠恐漸漸被腳踏實地的篤定感所取代，我決定登門探望紫芬，一來瞭解她的近況，二來與她分享創英所的發展現狀與前景，也算間接告慰潛誠在天之靈。

拉開落地鋁門，進入比男主人在時收拾得更為明淨的客廳，倚著牆角的茶几上擺著的一幅畫頃刻間吸引了我的注意，彷彿潛誠就坐在那個角落，等待我有這麼一天上門來閱讀他來不及傳達的心意。那是從米開蘭基羅西斯汀教堂圓穹壁畫中截取下來的一幕撼人心弦的場景，根據基督教的神話，也正是人世一切之緣起：人類始祖亞當的創造。Ｂ４紙張大小的畫裡，一隻蒼勁有力的手，掌心朝下凸出食指，從左上角斜伸向另一隻英挺細嫩的手，這一隻手從畫面的右方前來接應，兩隻手隔著絪蘊著萬鈞劇力的空白中心，在混沌生出萬有的歷史臨界點，組構成導引永恆進入時間——宇宙創生——的具體圖像。這一幅畫是我送給潛誠的。一九九九年六月，我飛往密西根州參加美國文學與環境學會第三屆雙年會，回程趁便造訪芝加哥的藝術學院博物館，在館內的禮品店購得了這幅複製品，原想自己收藏。回到花蓮，驚聞潛誠罹患肝癌，命在旦夕，哀傷之餘，把這幅畫送給了他，祈望著造物主創生的雄渾大力可以因此進入他的軀體，啟動神奇的自癒機轉。然而，不到半年，他還是走了。我臨時必須接替他主持創辦才三年的東華英美系系務，並在楊牧院長的指導與支持下，籌畫創英所——台灣，甚至是整個華文世界，第一個文學創作碩士班的設立。一年多來，除了英美系文學領域的教授和中文系幾位有創作經驗的教授，尤其是小說家郝譽翔，協力玉成之外，歷經兩任住校作家瘂弦和黃春明的加持，以及二十多位創作成績斐然的老中青作家受邀演講共襄盛舉，包括我的文學啟蒙師王文興也特地破例前來花蓮，與創英所同學分享他閱讀古典詩詞的獨到心得，目的是替我加油。眼前在吳家的客廳裡看到這幅畫，不由覺得這是潛誠超越生死界限，對我代替他使創英所從無到有所做的一切努力發出了無聲的回應，他曾經是我的學長兼朋友，知道我扛起這個重責大任，需要額外的，甚至是超自然的鼓勵。當然，這樣解讀，也可能是我純然主觀的臆想。不過，米開蘭基羅繪製的這幅圖像卻也啟示我，在東華大學文學寫作社群的形成過程中，我所扮演的只是推手和觸媒的角色，它的繼續茁壯尤賴集體接力。在文學藝術的召喚下，全體師生必須群策群力才能開創歷史。

的確，在創英所創所所長的任上，我並不孤單，尤其這一年，楊牧辭去了人文社科院院長職務回到西雅圖華盛頓大學執教，我雖失去師長的奧援，小說家黃春明卻適時以駐校作家的身分前來助陣。初始，看得出來，他是有點緊張的，尤其置身在一群學院科班出身的所謂「學者」之中。想像自己在創英所教書，這位向鄉土自然和人生閱歷機敏取經的天才小說家，好像一位走入競技場的勇士，面對全身披戴令人炫目的各種詮釋策略並五花八門這個那個主義的年輕對手，一時之間覺得自己向來用以交鋒的利器好像一把被村婦用鈍了的菜刀，難登大雅之堂。而被他以謙恭的敬謹稱呼著主任主任的我，其實早已從他紅通通的臉上經常洋溢著的，即便是緊張也掩蓋不了的天真與熱誠，窺見了並且敬重著他那曾經讓大學時期的我讀了深受感動的小說藝術——諷諧中始終幽默溫煦——及其背後涵蘊著亞熱帶泥土溫度與氣息的人格特質。說我這位學術中人因此機緣被他徹底征服了，並不誇張。然而我這被征服了的對手在他面前絲毫不覺得挫敗，反而十分自在。幾次跟他交談，竟能娓娓道出一些潛藏在記憶底層的生命經驗，我於是也開始了生平第一本長篇小說的書寫。在一次座談會的場合裡，我向聽眾介紹他，稱呼他為「老師的老師」，也就是我的老師，與王文興和楊牧一樣，在不同的人生階段，成了我的啟蒙師。我慶幸自己這一年來有機會認識黃春明，在小說的藝術之外，深深受到他的人格薰陶，那是在率性自許之同時，為了所認定的某種符合公眾利益的價值，無私無悔的付出，因此不覺老之將至，雖然他封筆多年後的近作《放生》，對台灣鄉野老人的淒涼晚景描寫細膩而深刻，裡頭不免也有他的暮年映影。黃春明自己絕對想不到，進入創英所教學，覺得像持著一把用鈍的菜刀與學院打造的利劍較勁的他，在東華所向披靡，我們全都被他折服了。

在東華擔任駐校作家期間，他接受安排，在共同科講授「小說與社會」，在創英所講授「小說創作」和「文類研究：小說」。這本集子收錄的除了黃春明這期間完成的一篇力作之外，還有「小說創作」班上同學們的佳作，是創英所創所近兩年來的第一本集體成果展。這原本應該是我的職責，但是黃春明替我承擔了。三月中旬的一個下午，他帶著中文系與創英所師生一行二十多人，包括郝譽翔與郭強生，開了四部車子走蘇花公路到宜蘭看他編寫的歌仔戲「杜子春」。由於這是我第一次走蘇花公路，完全不知路況，所以說好緊緊跟著他的車。誰知還沒到清水斷崖，他早就受不了連串砂石車和遊覽車的擋延，一口氣飆車越前，等我在路寬處超車追趕，他的車已經完全不見蹤影。由於是白晝，我也就安心地沿路開向約定好的會合處。那天晚上看完戲後，他請大家吃路邊攤的豆花，上路回花蓮時已過午夜十二點。我在宜蘭市區跟車時，轉錯了路口，一時迷了路，後來終於找到了蘇花公路的入口。開上去沒多久，就看到黃春明在蘇澳港附近的路邊等我。重新上路，他不再超車，一路將就我的車速開車前導。暗夜裡跟隨著黃春明穿行蜿蜒的蘇花公路回花蓮，一路上對映著大洋的天幕星光燦爛，這個經驗我會一輩子珍惜。

為了謝謝黃春明這一學年裡對我個人及創英所師生們細心的扶持與前導，我把掛在系主任辦公室的一幅畫送給了他。那是我前年在花蓮的一家裝潢藝品店購得的所謂的古董畫，其實是從英國維多利亞時期的一本書內取下的單色版畫插圖加框而成，大概是印刷品，要價並不貴。直幅的畫中有一位年輕的母親著鄉居人寬鬆的裙裝，赤腳背著孩子登上了峰頂，右手持樹枝為杖，左手向後扶著女嬰的臀股，拙樸中仍散發著維多利亞時期的女像特有的優雅。畫面的下半方是起伏的岡巒，這位背著孩子的母親她的側影背後頂著雲朵漂浮的天空。插畫下有文字說明，曰：The Mountainer（山中人）。黃春明第一次看到這幅畫就喜歡，還特地到那家藝品店去詢購，可惜同款畫已斷了貨。送給黃春明這幅畫也算是報答他對畫中意境的欣賞。緣起，緣生，讓文學與藝術帶給人的感動藉著這本書的出版擴散、綿延下去。

某一個駐校作家的困境

黃春明

某一個駐校作家，其實這裡指的是我自己。

九十學年度，我應邀到花蓮國立東華大學當駐校作家。當時有點虛榮心的作祟，答應得爽快，事後接得心驚膽戰；還做過幾次惡夢。因為學校除了要我接大學部通識教育，「小說與社會」的課之外，還要我帶英美系創研所的學生，教小說創作。這個任務對我來說，等於一件Mission impossible III。Part II，在電影裡的阿湯哥已把任務完成了。我還在進行中，但不抱信心。這有兩個我個人的問題。

嚴格來說，我個人一直認為小說創作，和小說研究是兩碼事。執這樣的觀點，是根據我自己的經驗。我走上小說創作這條路，可以說是偶然的。我在青澀的青少年時期，是十分叛逆而令大人頭痛的人物。我反家庭、反學校、也反社會。但是反不出一片天，所以相當挫敗無力感。最後只好躲進小說裡面的世界，也因為是文學少年時期，有愛好文學的傾向，而變成小說迷；迷到管他考不考試，到大小考的前夕，眼睛還是一字不漏地盯著小說看。久而久之，對小說的形式也有幾分把握時，才偷偷寫一點不怎麼像樣的小說。有了這樣的開始，還摸索了很久，不斷的寫，最後寫出來的東西，終於被錄用。整個過程，沒有碰過文學方面的理論，可以說完全是土法煉鋼。

當七十年代，我的小說開始擁有讀者支持時，許多文藝營的活動，也來找我演講。因為沒有理論基礎，談不出名堂，也談不出所以然。後來乾脆拒絕所有這方面的邀請，好好去思考創作上的問題。結果我的結論是，要創作，得要先問自己心裡有沒有東西可寫？有的話，還要思考一番，那東西值不值得寫？至於表達的技巧方面，多讀多寫，只有這麼笨的方法；最後還得靠一股傻勁。就這麼簡單的幾句心得，怎麼能替研究生上課？不用一節課就可以講完的話，後頭的整個學期怎麼辦？這就是讓我心驚的原因。

那麼膽戰呢？怎麼不會。班上的每一位研究生，他們在考場上，都是身經百戰上來的。今天要我去考，連大學部都考不上，研究所更不用說了。再說，假定我被推薦免試進研究所，和這一班同學同班。我知道結果，最後大家畢業了，我沒能通過第一學期應得的學分。很多事實和條件擺明了，我怎能站在講台面對研究生？除非是被罰站。你說這怎麼不叫人膽戰？雖然顏崑陽院長、曾珍珍系主任，還有其他教授朋友，他們鼓勵我說：沒問題啦！那是他們。不是我。

但是好歹已經騎到虎背上了，總得想想辦法。我開車往花蓮的蘇花公路，與我心裡所擔憂的相較之下，它已顯得不那麼驚險。過了和平，連續幾個穿越清水斷崖的隧道，像是我陷入苦思，在黑暗裡鑽。鑽了幾道，當我鑽出最長的一道，辦法也有了底了，左手邊是一望無際的太平洋。就這麼決定，憑我的直覺，還覺得這個腹案可行。

我永遠不會忘記，我的小說創作，有了突破的最大關鍵，那即是一九六六年，我從宜蘭鄉下上台北，遇到《文學季刊》創辦時期的那些熱愛文學的朋友。他們是主編尉天驄，長輩的有何欣、姚一葦，作家有陳映真、七等生、王禎和、劉大任、施淑青、蔣芸等等。我們經常隔一段時日，相聚在明星咖啡，或是姚老師家，談文學、談雜誌，談準備要寫的題材，當然也會談談時局和社會的事。談話間，聽者會表示他的看法或是疑問。這樣的交談，特別是文學創作方面，至少對我個人而言，受益很大。在這段時期，連自己都發現自己有了進步。那時候我們在《文學季刊》上發表的作品，到今天都還有新讀者，相關科系也拿去當教材。想一想，現在的年輕朋友，好像沒有這樣相聚切磋創作的情形了。我何不把班上的同學，包括我在裡面，也把它當做我們當時要在《文學季刊》發表作品一樣，每隔一個禮拜，大家就有三節課相聚，談談自己準備在學期終了，要繳出來的短篇小說，同時還可以聽聽別人的看法之類的話。那一天，我一到班上報到，就把我的構想說出來，還告訴同學，說我們還要想辦法，把作品集成集子出版。全班沒有人異議。

我先從我開始示範，報告我要寫的〈眾神，聽著！〉的計畫和其他的想法。這學期本來預計每人報告三輪，但是旁聽生多，後來每人只能報兩輪。討論的過程很熱烈，還有同學哭了呢。同學和我都如期繳稿。經過由學生組成的編委會和我，看了所有的作品之後，投票篩選出十二篇結集。書名也經過投票，決定採用孫梓評同學提出來的《眾神的停車位》。

這樣的學習計畫能夠順利進行，這要感謝顏院長和曾主任他們的支持，還有同學們的共識和認同。當然還有我的硬頭皮。最後，在這裡不能不特別提出來，向他深深鞠躬的是，遠流王榮文先生。一般來說，文學類的出版品，銷路有限；尤其是未成名的作家的作品更成問題。當我向王先生報告我的教學計畫和成果，並希望遠流承印出版時，他連眉頭都沒皺。他說這很有意義，是很好的示範。其實他一方面安慰我這個老友，一方面有意鼓勵年輕人。老朋友老都老了，沒關係。鼓勵年輕人確實重要。

事情大致上就是這樣。但是我還是擔心。《眾神的停車位》出版之後會怎麼樣？雖然我已盡了力了。請指教。

目錄

黃春明來了！　顏崑陽　4
緣起　曾珍珍　7
某一個駐校作家的困境　黃春明　13
眾神，聽著！　黃春明　21
極短篇兩則：蜘蛛、斑馬　楊蔚齡　55
停車位　何致和　61
委員　方梓　67
我的叔叔　林巧鄉　81
迷路的魚群　廖冠博　95
她說　黃千芳　113
料理　蘇頌淇　131
歸　羅羅　153
玻璃之屋　孫梓評　171
計畫　陳香吟　199
永遠的一天　李良安　221
那年夏天　許榮哲　247

眾神，聽著！

黃春明

那一天早上，春木去參加同年添福的喪禮，看到添福的六個女兒，個個哭得像淚人，心裡羨慕得難受，他拈完香就離開現場回家了。以春木和添福平時的交情，照理都該待到出殯，送棺材走一程，等家屬回頭辭謝親友會眾才散的。原來他也這麼想。

回家的路上，春木一方面自責不該中途離席，一方面還想到添福的女兒哭得那麼難捨父親，同時又看到死者一副得意的遺像，不由得就記起前不久，在廟前圳溝的橋上，添福遞給他檳榔時說：「我那六個女兒真害啊。管我呷酒呷菸，管我呷檳榔。講什麼呷檳榔會死。我講走路也會被車撞死，路也不要走好了。」添福說這話，哪是埋怨？那得意的樣子，春木覺得是衝著他來的。

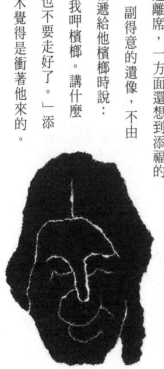

雖然他知道同年的話沒惡意，但是聽在心裡卻不是滋味。

二三十年前的事了。連生四個女兒的添福，他十分羨慕當時連生三個男孩的春木。有一個晚上，添福在廟口找到春木，特別向春木討教如何生男孩的事。春木只知道生男生女由不得自己，不是靠某種知識，和技術性的功夫就可辦到的。當時看添福呆頭呆腦，一副好欺負的憨相，春木要他先請客，然後再教他幾招招數，好讓他回去跟添福嫂造愛生男。添福都依他。他也教了添福。不過添福聽了之後，表示這樣搞有困難。春木還記得他回答添福說：「喲！你以為要生查埔那麼簡單啊？」隔天一大早，添福到牛欄找到他，偷偷告訴春木，說照他教下來的招數去做，結果害他大腿抽筋，太太差些窒息斷氣。要不是春木失聲大笑，笑痛肚子捧腹，添福還以為自己不行，自嘆不如。當事情被春木自己笑破了之後，添福很生氣。他罵春木什麼玩笑不能開，開這種斷子絕孫的玩笑，還捏緊拳頭想揍春木。春木知道理虧，一邊道歉，一邊威脅添福，說如果事情吵開了，讓別人知道了，人家笑的是你添福和添福嫂，絕對不會是我春木。添福聽了這話，才鬆了拳頭，嘴巴卻不饒，說春木不得好死。經過不多久，村裡村外的人都知道了；連似懂非懂的小孩，遠遠看到添福走過來時，都會偷偷笑著說糾筋福仔來了。

春木早就生了三個兒子，有本錢不至於斷子絕孫。可是時代不知怎麼轉的，兒子都長大了，好歹也都算是成家立業了，他卻變得有兒子等於沒有兒子，有孫子也跟沒有後嗣一樣。他還是孤零零地留在頭份村竹林裡，靠春夏兩季的麻竹、綠竹的竹筍為生。兩年前老伴先走了一步，裡裡外外的工作，一下子豈止加倍。春木這時才知道，過去老伴擔待了多少事啊。之後也才明白老伴和他拌嘴時，常說他以為他照顧那二三十尊神明菩薩，就覺得了不起，什麼事都不做不打緊，一張嘴巴像母雞屁股，撮抿抿叨唸不停。本來就不怎麼回家的三個兒子，老伴走後，他們更少回來頭份了。其實春木也不是那麼不明理的人。他曾經也想過，兒子他們是鄉下長大的孩子，不是做生意的料子。一個出去學水電工，現在說好聽一點，說是當老闆；沒本錢，大的生意標不到，小的生意像乞丐乞討，有時還倒貼。老二整檳榔攤子，生活勉強過得去。說他不怎麼賺錢也不公平，至少他人家賺了一個年輕的檳榔西施做太太。那一年夏天回鄉下來，老人家說她穿得像盤絲洞裡的蜘蛛精，從此就不再回來了。最小的在工廠工作，一年換二十四個頭家，水裡找不到一處溫暖。春木看他們在外頭，生活過得不怎麼如意，他建議三個兒子，說李登輝總統叫我們搞什麼精子農業，你們年輕人比較懂，我們還有八分多地，回來大家一起來搞。他們搞懂了老爸說的之後，竟然都笑起來。原來春木不懂國語，把精緻農業說成精子農業。就算他說對了，春木還是弄不懂什麼精緻農業。他只知道好像做農的還很有希望。至於他不會說國語，遭三個兒子笑，這他還可以忍受，只要讓他怨幾句，說那個那個，他想了一下，那個精子農業，若不是，你要叫我用台語怎麼講？你們講給我聽啊！講啊！三個兒子只顧笑，事實上要他們用台語唸精緻二字的讀音都有問題。但是最令春木不能接受的是，三個兒子都認為回來種地會被人笑。被人笑？種地會被人笑？你說他們年輕人講這款的話，我不叨唸，我的嘴巴也不饒啊。每次有人跟他問及三個兒子的情形，他都忘了是在說他的兒子似的說給人家聽。

也不知道從什麼時候開始的，春木發現自己的嘴巴早就自立門戶，不受他管用了。在家裡天一亮，眼睛一睜開，嘴巴也跟著醒過來，囉哩囉嗦叨唸不停。看到什麼就唸什麼。有時看到小雞掉進簷下的水溝吱叫，那也只要彎個腰，用手撈上來還給母雞就好了，他就非得叨唸一陣子。老伴耳朵裡早就長繭了，還是無法擋住雜音留住清靜。她在屋裡笑著說：「老的，你到底是在罵母雞，還是在講我？」「講你就講你，敢要向神求筶啊！」春木話一出，心就在叫屈，好像這些話不是他講的。你說是嘴巴自己講的，不是他要說的。誰相信？說出來不被送到松山瘋人院才怪。說也奇怪，在外頭春木的嘴巴卻乖得很，像他笑臉上的一朵花。春木在家裡遇到諸如此類的情形，他會趕快把嘴巴帶到外頭去。不然，這一天把嘴巴留在家裡，那雞犬就不寧了。

春木從同年家回來的路上，遇到同村去街上賣竹筍回來的人。「回來了。今天筍子的價錢怎樣？」春木問。

「歹啊。透早販子來收才二十八塊。剛剛我要回來時，就跌到十五塊了。今天圳頭、內城仔還三城那邊的筍子都拚到街仔來了。想到家裡工作一大堆，十五塊就十五塊，拚給他了。」

「早上去添福那裡，筍子就寄水雞拖去賣。」

「水雞還在市場。我招他一道回來，他說在家閒著也一樣，晚上回來。添福那裡的功德熱鬧吧？」

「是啊，和尚尼姑、道士，誦經讀素，來了不少人。……」

「人家女兒乖，女婿有才情，要怎麼熱鬧就怎麼熱鬧。」

一聽說人家的女兒乖有辦法，春木就沒話說了。他走到前面的岔路口，逕自走過去把豎在路旁歪斜的，指向眾神宮的路標扶好，嘴巴就叨唸起來。責怪路標連站都站不好。接著也罵那個手賤的路人，沒事去扳它幹什麼？不怕缺手。

從去年的新正過年，聽村幹事的建議，自己釘了三十多枝，指往眾神宮的路牌，想在年節農閒期間，招攬台灣各地鄉下人，乘坐遊覽巴士，到各地寺廟朝拜燒香時，希望他們也來到眾神宮燒香。答應替春木寫字的人，請他的飯也吃了，字呢？從過年的農閒拖到夏天的農忙才寫好。春木將這些路牌，從詩結九號公路的路口，一直豎到頭份竹林的眾神宮。經過一年多的時間，只帶過三批的香客進來。

頭一批從屏東滿州來的香客，是路標豎好的第三天，由一部大巴士駛進眾神宮。春木直欽佩村幹事，他高興得幾乎要把村幹事供上神桌，變成第二十八個菩薩。另方面也怪遲遲未能及時在過年農閒的時候就把路標豎好。要不然……，春木沒有時間去想這些了。香客們下了車，站在眾神宮的左側，卻在問眾神宮在哪裡？經春木指明，身邊和一般房子大小的鐵皮屋，就是眾神宮時，所有的四十多位香客，都楞了一下，再看看不起眼的鐵皮屋，他們我看著你，你看著我地，像中了笑氣，沒有一個不笑出聲來。春木大不以為然。

「你們只顧在外頭笑，你們應該進去看，看看內底有二十七尊神明啊！」

是有三四個人，一下車就進到鐵皮屋裡面去看過了。但是待不住；外頭熱，裡面更熱。裡面長鬍鬚的神明菩薩，祂們的鬍鬚都被烘焙得根根往上翹。外頭有些人跟春木走進去，他把一支懸在天花板上的大電扇開動；開到第一段。大電扇像是努力表現給主人看的僕人，它轉得整個機身使勁顫動，喘氣聲還卜啦卜啦作響。他們仰頭一看，像一架直升機正倒栽下來似的嚇人。

「喲喲！你的電風扇會掉下來。」有人警告。

「不會啦！我知道。它本來就這樣。」春木嘴巴是這麼說，手還是伸過去把電扇調到最弱的一段，然後跟著裡面的香客走到外面。他根本就沒有辦法掌握香客，好好把二十七尊神明菩薩，一一介紹給他們。大部分人都在找廁所和茶水。

「到隔壁，到隔壁。我厝內有便所。」春木毫不敢怠慢。

香客照春木所指，繞過一道九芎仔舅的生籬，湧到春木的住家了。他們有排一列縱隊的，有坐在廳頭休息的，還有兩三個人走進廚房找茶水的。來了就是客，春木興奮地告訴自己，忙著進進出出招呼客人。

「你們查埔放尿的，隨便到外頭竹子底下也可以啊。」

他看到堆在屋簷下的七八只，沒賣出去的筍子，即時向女香客推銷。「愛無？愛，便宜給你們好了。放在車上不會重。我們頭份的竹筍，甜又嫩，像水梨，全省有名……」

「是啊，頂港有名聲，下港上出名，」有一位活潑的女香客，攔截春木的話，接下來說順口溜。「愛無?你愛，你來我們屏東滿州，我送你免錢啦!好無?」

一群滿州來的人，聽了之後都笑起來。春木覺得說的也是。他們也是鄉下人，鄉下哪裡沒有竹子?有竹子就有竹筍。「你們這麼說也對。」說著跟人笑在一塊。

轟隆轟隆，外頭傳來遊覽巴士頻頻催油的引擎聲。有人走進來說：

「哇啊，遊覽巴士要掉頭掉不過去了。」

「小心一點，不要撞到我的廟啊!」春木慌張地跑出去，屋子裡的滿州人又笑了。

滿州人走了。這次值得告慰的是，這一趟香客裡的五個信女，都向春木買了金炮燭和香，只可惜善男沒拜。不過總共也收到三百塊的添油香，做為成績並不算好，但是有了開張就是好事。

春木回到眾神宮，點了三炷香拿在手裡，站在案桌前，對著眾神嘴巴喃喃唸起來：這樣就對了。單單靠我春木仔一個人拜您們有什麼路用?要靠眾人來拜啊!春木意識到剛剛唸到眾人一詞，他自己覺得有點巧，於是他接著說：是啊，眾神宮、眾神宮，就是要給眾人來拜才會興旺啊。我們不用跟北港媽祖和台北恩主公比，跟我們二結王公、或是清水溝的佛祖廟仔比就好，對無?我不貪心，您們想想看，我每天單單燒香點燭，泡清茶的錢，我春木仔就快撐不住了。幾年了？在我的手頭就服侍您們二三十年了。您們也知道，我那三個兒子，他們不來找我要錢，我就偷笑了，我哪敢想靠他們。是啊，像今天一樣，多帶些香客來，保庇我春木仔健康，也保庇我三個無路用的兒子，平安大賺錢，孫子會讀書。

廟口的草地被糟蹋得稀爛，春木早就看到了，只是忙，還沒輪到它，讓他的嘴巴叨唸。等到裡頭的事辦完後，春木出來再看到，青翠的草皮被遊覽巴士掉頭，前後輪進進退退，扭扭轉轉，給輾壓得像牛隻來纏鬥過，將草皮連根都翻了上來。現在的人可真沒腳沒手。春木叨唸著。一小段路幾步腳也不會走進來？這地方窄擠擠的，大車子也不會停在路口，一定得開進來？但是他又記起一件事來，覺得這樣怪別人也不對。春木發現自己把最後的一枝路標，豎在路口往裡指，人家當然順著把車開進來啊。自責糊塗，一想到糊塗，就低頭摸摸褲子看拉鏈拉了沒有。他用穿塑膠拖鞋的腳，左右來回地想把凹凸不平的地掃平，結果沒幾下，鞋耳斷了。不是告訴你這樣做沒效嗎？看！鞋子壞了。回去拿鋤頭來整才是頭路。春木進到屋子裡，要做什麼？忘了。看到屋子裡的桌椅有些亂，走進廁所，他大叫起來，「這些查埔人的鳥仔都開岔了？怎麼放尿放到兩邊了？嘿！真夭壽哩啊，又不是一兩個人。人講生雞卵無，放雞屎一大堆，就是這款。他走出大廳，無意識抬頭看看天。天就在那裡。只會出大日熱死人，也不會落些雨。春木的嘴巴就是這樣，撮撮抿抿地叨唸，他的話和子彈一樣，不長眼睛，連天也挨了幾句。

頭一批香客來過之後，隔了一個多月，才來了第二批的香客。春木本來已經不再準備茶水等客人了，六部嘉義番路那裡來的遊覽巴士，前兩部拐進小路，卻被兩旁探出枝頭到路上的蓮霧樹擋住了。司機一邊怕刮傷車子，一邊怕果農抗議，只好倒車出去。但是路小車大，兩旁樹蔭擋視線，連老練的司機都倒得很辛苦。春木為這叫屈。一個多月前就說要把最後的路牌拔掉，又給忘了。在倒車的同時，春木陪帶隊的幹事，向眾神宮走。

「你們把車停在大路旁，走進來七八分鐘就到了。」春木說。

「你說眾神宮是拜什麼神明？」

「噢，什麼神明都有。你們來我的眾神宮拜一遍，就可以省得再去跑二三十個廟寺。」春木話還沒說完，那幹事劈頭表示不解。「我裡面服侍二十七尊神明，要問明牌六合彩，也有濟癲可問。」

繞過一棵老樟樹，就看到眾神宮了。

「就是這裡?」幹事叫起來,「這裡?」他不相信自己的眼睛,再問了一下。

本來想回答的春木,看人家驚訝到這種地步,也就不想,也不知道怎麼回答好。

「你們插的路牌,也要比廟大嘛!」幹事連走到眾神宮的門口都不走,他轉回頭,還一邊甩手,一邊搖頭。

春木楞在那裡,一時沒聽懂人家的話,心裡覺得很受委屈。他望著人家走遠的背影,「連進去看看都不看,就說……」他想說了等於沒說,後頭的話就給吞了。但是嘴巴卻不饒。懂什麼?除了街上刻神明店的神明,比我的眾神宮的神明多,全省大小間廟寺,有幾家比眾神宮的神明多?刻神明店比我眾神宮的神明多是多;那裡的神明還沒裝金身開眼坐桌,那都是柴尪木偶,怎麼可以算是神明。不懂。不懂還亂講,說什麼路牌比廟大。這種生子沒屁眼的話也敢講。他回頭看看被羞辱的眾神宮。眾神宮一臉無辜地待在那裡,那門就像一張張開的無言大口。春木躊躇了一下,也跟著朝大路走去。六部大巴士起動引擎的聲音,一波一波傳過來,等他走到路口,最後一輛車,正好轉個彎就不見了。路口的店頭外面,也站了幾個村人,目送車子走開。

「怎麼?走了。」明知道的事,村人跟春木這樣地打招呼。

「是啊，走了。」春木淡淡地回話。

「沒燒香？」

「沒燒香。」春木尷尬地露出笑容。

「可惜。都來到門口了。」

「腳長在人家身上，他不下來，你有什麼辦法？」

春木不想多逗留在那裡，那些人倒是很有興趣聊聊。他回頭往小路走，走了一小段還可以聽到那些人，在背後談他的事。他們的話在這時候讓春木聽起來，是矛盾多義的；有同情他，為他惋惜，另方面也可以聽出幾分譏笑，認為他自不量力。原來兩旁的蓮霧樹，生動地伸到路面上的枝頭，迎著春木。但因他一身落寞地走過，使得兩排枝椏，像是不知該不該縮回的手，都僵在那裡。

春木努力撫平內心的起伏。沒下來燒香也好，這麼多人。他在心裡大概算了一下。一兩百人都有吧。那不把廟擠爆才怪。這麼多人上家裡的便所，眾神宮這邊都會被尿淹到吧。那怎麼成？再說我也沒有準備那麼多的金炮燭和香來賣。春木想了很多應接不了的情況，心裡舒坦多了；好像慶幸他避開一場災難。然而才平靜下來的心，又給另一股思緒激盪起來。那麼多人，只要一個人添一百塊的油香。一百塊怎麼會多？我也上過廟，要給起碼也給兩百。我說一百塊是低估了，有的人給的是上千哪。如果一個人一百塊錢，哇！那又是多少啊？摸一摸胸口，心糾成一團為惋惜所困。腦筋不知怎麼翻，小時候到大坑罟大舅家的一組記憶，浮到腦海裡來了。他在海灘看大舅他們，在海裡牽罟網魚的事。指揮二三十人拉牽魚網的大舅，對著大家大聲叫嚷：「放手！放手！網尾烏流，快放手！」聽到大舅慌張的叫聲，大家把已經拉到一兩股浪外的魚網，鬆手放下，眼看就要拉上灘岸的魚，大大小小又一一跳回潮頭裡去。因為魚網卡滿了魚，如果強拉上灘，魚網承受不住重量，會崩裂開，結果一條魚也撈不到，討活的魚網也毀了，這豈不事大？當時連來靠繩分錢的牽伕，也一臉悵然，嘴巴說這樣做才對。該得的就是你的，得不到的，原來就不是你的，道理這麼明。說是這麼說。事情過了好些天了，春木還是在想，如果再來六部遊覽巴士，要怎麼留下他們生雞蛋。這當然不是一件簡單的事，最後只好對自己說：「牛鱉呷巴豆，沒有那個屁股，就不要呷那個瀉藥。」

至於第三批來到眾神宮的遊客，他們是一家四口，開一部小轎車來的。他們並不是跑廟寺的善男信女，他們是台北市上班族，利用周休二日，到宜蘭地區來玩的。他們在九號公路上，看到指往眾神宮的路牌，感到好奇才隨路牌的指引進來。當春木從竹林替筍子陷肥回來，發現廟裡有人走出來準備離開時，他堆滿笑容打招呼。

「你們是來燒香的？」

「我們是來看看。」替太太抱年幼孩子的先生說。

「來，來拜拜一下，神明會保庇你們平安大賺錢。來。」春木積極留客。

「我們拜過了。我們在這裡看很久了。」那位男士說：「這裡拜的都是什麼神明？」

「你是呷什麼頭路？求明牌這裡有濟公活佛……」他話還沒說完，被那位年輕太太的笑聲給折了。在春木聽起來，這時候並沒發生什麼事，有那麼好笑的。他說的話好笑？他楞了一下。這位在台大教文化人類學的先生，馬上接話笑著說：

「我是教書的。」他笑著。

說教書也要笑，春木更疑惑。反正他的生活中，並沒有追究到底的習慣，他接教授的話說：

「有！這裡面的神明有文昌帝君。教冊、談冊仔，拜文昌帝君最合。」

「你為什麼準備這麼多的神明？」

「什麼？」春木不解，「你講什麼準備？」他一時沒有辦法將準備和神明連在一起。

「我是說你拜這麼多神明是什意思？」

春木大概抓到意思，他搶著說，「你是講我安怎服侍這麼多神明是嗎？噢！這要講起來就話頭長。……」

他們選在老榕樹下的樹蔭，坐在幾顆大石頭上談起話來。教授畢竟是學院派的，他從廟的沿革直到發展，都抱著很大的興趣；他不但做筆記，還拍了照片。春木以為可以上報，這樣對眾神宮也是一大宣傳，他也很有興趣無所不談；這一點他和他的嘴巴，都相當一致，有問必答，還多說一些贈送。

春木說，從他的曾祖父謝成、祖父謝應傳、父親謝旺泉到他謝春木，都是他們謝家單傳香火。特別是到了春木，從年幼到婚前，一直體弱多病，像風燭飄搖，害得除了謝家家人，連到別家端人家飯碗，冠了夫姓的婆娘姑姨她們，也都隨時隨地為謝家香火提心弔膽。當時只要春木身體一有動靜，不是問神卜卦，就是找醫生，聽走江湖郎中的話。有時那些婆娘姑姨，不知從哪裡打聽來的偏方，有的像牛藥的藥園；一帖藥有七八十味的藥材。說到服藥，春木將過去吃藥吃得死去活來，痛苦不堪的經過，現在說起來，倒是有幾分驕傲：「呷藥仔？都是用灌的。有的抓頭，有的抓手抓腳，有的揑鼻子。我想掙都掙不開。每次未灌我就先哀叫著等。在灌的時候叫得更難聽。鄰居一聽到我哀叫，他們都說我們家裡又在刣豬了。」說著春木自己也覺得好笑。

教授心裡有點急，春木說了老半天，還沒談到眾神宮的事。看樣子離眾神宮還遠。讀小學一年級的小男孩，耐不住了，開始在媽媽身邊扭捏。教授側過臉看小孩笑笑。

「Go!」太太輕聲地說。

「No! Sorry, I'm getting a wonderful case.」

「安怎?」春木問。他很怕他們要走。

「沒事，小孩子在吵。」

「來，阿公仔帶你去看一件東西。」

「去，跟爺爺去看好玩的東西。」爸爸說。

春木帶小孩走後，這裡嘰哩咕嚕輕聲爭論起來。

「囉哩叭嗦，要聽他囉嗦多久啊。」

「以前我的課你是怎麼上的?鄉野調查的訪問，鄉下人通常沒有時間觀念，講話沒頭沒緒。我們要的東西，和他囉哩叭嗦的東西是整體的，訪問者沒有辦法，也不能在訪談中，就剪輯整理好報告。

你要他一問一答，結果什麼都得不到。……」

「我不想再上課了，讀得再多也是你的菲傭。」

「不要亂講。」

「你不會下次再來？」

「It's good timing! You known.」

春木回來了。小孩子顯得很高興。他騎一部也可以說是世界上唯一的一部，用木頭釘的三輪車。教授他們看了，覺得那車子傻可愛的，令人見了就愉快。

「這是我釘給孫子騎的。他們不住在這裡，車子就扔在壁角閒閒。」

看了孩子騎在那麼可愛的三輪車上，笑著叫嚷過來的情形，教授他們之間的閒隙，給愉快的氣氛充塞了。他們讚美春木的手巧。春木得意得又說，他會釘這個，釘那個地，又另闢一條潺潺流水。教授在適當的時機，插話問：

「這眾神宮是怎麼來的？是誰創辦、誰出錢？怎麼發展過來的？」

「噢，這講起來話頭就長囉。」

教授和太太一聽，他們同時暗地裡在心裡叫慘；但慘得好笑。他們的笑臉反而鼓勵春木來勁。

春木眼神一翻，又回到很久很久以前。他說每尊神明菩薩，都是他一次一次害重病的時候，請來坐鎮安家，求藥籤的。甚至於讓他給這些神明做客子。

「這些神明都願意收你做乾兒子？」

「這還不簡單。」春木笑著說：「神明不會說話，也不會點頭搖頭。我們跟神明講話，用擲神筊問祂；祂不答應，擲久了，最後總是會有一次擲出來的是答應的神筊。」

「可以這樣嗎？」教授不解。

「怎麼不可以？比如說家人問神明，是不是要收我做客子？如果擲出來的是一翻一覆，表示神明答應了。要是擲下去的神筊，兩片都是翻過來的，這叫笑筊，神明覺得好笑，可以再擲一次。要是神筊兩片都覆蓋的話，這叫覆筊，表示不答應。但是，我們可以換個問法，或者說，是不是我剛才沒說清楚？然後再說一遍。說完了再擲，這樣下去，自然就會有一翻一覆的神筊出現。如果擲了多次得不到神筊答應，換個人來擲……。」

教授笑起來了。「這不就是賴定神明嗎？」

「說賴就不好聽。就是這樣擲神筊求神問佛就對了。」

「你們看我眾神宮裡面，有幾尊神明，就知道我害了幾次大病；小病還不算哪。」

「後來就不再生病了？」

「說也奇怪，結婚後就好像沒生過什麼大病了。」春木笑著說：「謝家到我這一代，才連生三個查埔。要不是我的查某人懷第四胎，挑水摔倒流胎不再生，不知道還要生多少啊。」

「Hormone。」教授怕太太不耐煩，特別轉頭過去對她笑著說。

「是啊，賀路夢。也有人這麼說。」春木用日語的外來語說荷爾蒙一詞。

「歐吉桑，你不簡單，我講英文說 Hormone，你也聽得懂。」

「英語。英語我只會ＡＢＣ，狗咬豬……」春木唸起以前的一句童謠。「電視廣告也常常講。還有我們查埔人也常常把賀路夢當笑講。」

話又講開了。春木談到他改了幾次名字。最後才決定用謝春木。這是聽一位來化緣的老和尚建議。他說「枯木逢春猶再發」，還有什麼「向陽花木早逢春」啦，才改為春木。等到春木生了三個男孩，他的身體也健康起來，這些到底要歸功什麼原因，也不容易弄清楚。當然二十七尊神明菩薩是不能置疑之外，經老和尚的改名，三姑六婆紛紛提供的偏方，還有太太的賀路夢等等都奏了效才對。

謝家增添了幾個丁，叫他們三四代人鬆了一口氣，這是很重大的一件事。但是，春木現在一談到三個兒子，在言談之間，卻顯得很洩氣。這和當時大兒子出生，嬰兒替春木在缺丁的謝家親族裡面，爭了多大的面子。當時家裡再怎麼窮，都得好好向神明菩薩還願。一頭豬是買不起的。想押秧借高利貸，又逢蘭陽地區三年來的水患。他們盡了最大的力量，打算買一個豬頭和一根豬尾巴，算是有頭有尾代表一頭豬來還願。可是大姑不答應，說跟神明說好要殺豬敬拜，絕不可馬虎抵賴。沒錢大家湊。買不起大神豬的豬公，小的也沒關係；神明可以諒解窮人。「神明就是這樣，不然怎麼當神明。但是不能跟祂耍賴。」大姑登高一呼，婆娘姑姨們，出錢的，捐金戒指的，總算夠他們買一頭人家一窩豬裡，養不大，養不到一百斤的豬，殺來還願敬神。雖然村子裡有些刻薄的話飄進他們的耳朵裡，說謝旺泉殺一頭豬，像一隻瘦羊。可是這總比被說成：什麼？一個豬頭，一根豬尾也要算一頭豬啊來得好。接下來，生第二和第三個兒子時，他們家境還是殺不起豬。好在這兩次許願，都沒說要殺豬。替代的是，整個村子三十多戶人家，一家不漏的都送了油飯加一顆紅蛋。哪知道幾代盼下來的三個男丁，春木一提到他們，吐了一口長氣說：「不說也罷！」

教授安慰他：「有三個兒子，好命啊。」

「虎命，虎命被虎咬了，虎命！」春木將閩南話的「好命」，以諧音說成「虎命」。教授沒聽懂，經春木解釋之後，覺得很有意思。他表示以後還要來找春木。他們回去之後就沒再來過。不過留下一張名片，春木把它夾在錢包和身分證在一起，他常常拿出來告訴別人，說他有一位博士教授朋友時當證物。至於其他人，也好像再也沒人來過。春木記不大清楚了。

春木從同年添福的喪禮會場回來，先到眾神宮，他站在大門口，雙手合十朝裡頭眾神拜拜，然後順便想走進去，像平時那樣，向神明報告一點什麼地，諸如這一天，他想說些有關添福的告別式，同年的女兒和自己的三個兒子的事。腳還沒移動，家裡那一邊的電話聲傳過來了；其實已經響了好一陣了，只是他心事重重，沒注意到。他三步併一步地趕過去，最後的鈴聲，是他拿起話機的同時就停了。他平時電話就不多，偶爾有個電話落接，心裡就覺得像掉了什麼重要的東西。他的嘴巴就開始叨唸，頻頻撮撮抿抿數落自己。前些日子，也有一兩次是這樣；等他繞過那一道九芎仔舅的生籬轉進屋子，電話鈴早不停，晚不停，就在他伸手拿話機的時候停。他為自己緩頰，不叫嘴巴一味怪自己，他會說是打電話的人沒耐心。他每次落接電話之後，就計畫把生籬開個口，好讓他從眾神宮這邊，逕直即可走進家裡。想是想了，說也說了不只一兩次，就是欠隨時拿起鋤頭，挖掉幾棵九芎仔舅。拖、拖、拖到現在，矮矮的九芎仔舅，都快變成烏桕了。老了，沒路用，只剩下一張嘴還沒死。春木在電話旁踱方步，一邊這樣地說自己。電話又響了，只響一聲，話機已經在他的手上。

「誰人？」春木緊張地問。

「我，謝生龍啦。」對方的聲音很衝。

「誰人？」更大聲地問。春木被一個熟悉又生疏的名字弄糊塗了。

「阿爸，我阿龍啦。旺仔說你把土地所有權狀，讓他拿去銀行抵押貸款……」整檳榔攤的阿龍，話說得很急，話還沒說完，被春木搶過去臭罵他一頓。

春木無法聽完對方的話，他只聽到對方是老二阿龍，竟然以報名報姓使性子的那種語氣和言詞，叫他困惑和生氣。「你說你是呷什麼？」春木故意把「謝」字念做「呷」字；這兩個字同音，「你呷屎啦！你跟你老爸講這款無大無小的言語，你講你呷什麼？呷了米，呷屎啦！……」令春木更生氣的是，他在電話中，還聽到那一位盤絲洞蜘蛛精的媳婦，在旁嘰嘰呱呱咬耳朵，教阿龍說這說那的聲音。

春木和阿龍在電話中，雖有鬥氣，雙方的話大概也都聽清楚了。原來阿龍一大早，老大謝生旺打電話告訴他，說父親答應他，拿土地去銀行貸兩百萬，準備和朋友合夥到大陸投資水電生意。所以阿龍才急著打電話找春木。他找了一個早上，電話一直沒人接，事情讓他越想越不對勁，認為父親決定這麼重大的事，都沒跟他們商量。他還說下午要回來。

「你不要回來！我不在。」

春木才放下電話，電話鈴馬上又跳起來。本來不想接，但是話機已經貼在耳朵。

「阿爸，你真難找啊，找你一個早上電話都沒人接。剛剛接上了，又遇到你在講電話。你是跟誰講話講那麼久？」老三的語氣也焦急得好不到哪裡去。

「無啊！你們兄弟今天都吃錯藥了，造反！剛才是阿龍跟我大小聲，現在換你來。是安怎？我欠你是嗎？」春木也沒有好口氣。

「阿爸，我是阿發，不是旺仔。」

老三阿發也是為了同一個問題，打電話回來問，還想阻止。春木要不是生氣發火一身燒，聽到三個兒子在他未死之前，就為家裡這一塊地，各自主張的事，早就被骨子裡冒出來的一股寒勁，給凍僵了。老三也說要和阿龍一道回來。

這次春木氣得決定不再接他們的電話了。電話才放下，電話鈴又把春木嚇了一跳。他告訴自己說，「不要接。」電話響到第三聲，他還氣呼呼地對電話說，「不接啦！」鈴聲響到第五聲，話機已經貼牢在耳朵。「喂？」

「阿爸，是我，旺仔啦。」大兒子的聲音緩和多了。

本來想劈頭就罵過去，但是人家的語氣沒有理由讓他這樣反應。前面的電話惹他生氣，氣也沒有那麼容易消，再說，前面的電話也是旺仔惹的，春木雖壓制自己一下，語氣還是有些不耐，「安怎？」

「你下午不要出去，我想回去看你。」

「七月芥菜假有心，我知道，你要回來談那一塊地的事。免講，你不要回來。」

「呃，阿龍他們跟你說了什麼？」

「不是他們講，敢會是鬼講的！」

「不是這樣的……」

「不是這樣，無是怎樣？」

「這不是一兩句半話就能講清楚。下午，下午我們見面再慢慢講。我會帶小孩回去，大的去上學，我帶小的回去看你。」旺仔晚了好幾年才結婚，小孩還小。

「你最好不要回來。」

他想，從台北回來頭份，不要兩三個鐘頭就到家，他走進農具間，把那一輛木頭釘的三輪車，還有一隻搖馬，搬出來清理一下蜘蛛網和塵粉。想像小孫子喜歡騎在上面的樣子，心裡也不無歡喜起來。可是愉快的心情，突感到一份尷尬上心頭。那就是旺仔說的小的，他到底是謝英才阿才呢？或是謝得欽阿欽仔？春木一邊怪自己老了，記性不好，同時也怪旺仔，說孫子都老了才要帶回來看他。他跑進屋裡翻抽屜，找出相命仙以前替兩位小孫子相命造流年的命冊。他翻開一看，才知道小的叫做謝英才。順眼翻看，「壬午年犯水。」這孩子今年犯水，不可靠近水邊。春木覺得十分慶幸，讓他翻到！孫忌近水的警告，等小孩子的父親回來，要記得提醒他。才抱著期盼兒子帶小孫子回來，心情又給土地的事攪慌了。除了生氣，怕的成份也不少。對這一筆祖產，三個兒子各有主張，他自己是不曾想過這個問題的。現在很快就要變成棘手的大問題，攤在他的面前。春木一點把握都沒有。他從家裡的大庭，走到廚房，再走到後院早不養豬的豬圈，繞到另一邊的農具間，又回到大庭地，就這樣無意識地走動，繞了幾圈。最後才拿定了主意似地，繞過九芎舅的生籬，走進眾神宮，一臉無助地望著眾神。看到神明菩薩神像的莊嚴神情，春木浮動不安的心情，稍穩定下來。他隨手拿了三炷香點著，恭恭敬敬站在主爐前，虔誠面對眾神禮拜，把香拿到胸前，裊裊煙霧把春木的眼睛薰得瞇成一條線。春木微仰著頭喃喃地說：

眾神啊！

客子謝春木誠心誠意懇求您們
懇求您們保庇謝家三個囝仔：
旺仔、阿龍、阿發平安順利賺錢
不要讓他們一日到晚
對謝家祖公仔田動腦筋
謝家代代留下來的田地
就好比親像您們天頂的天星
一粒都不能隨便打損敢不是？

眾神，您的客子謝春木懇求您們
您們保庇謝家事事平安無事
眾神，您們聽到了嗎？
眾神啊，我……

春木無助感和誠懇的心意，面對至高無上的神明，道出內心的懇求時，清楚地意識到自己極其渺小，而又變得脆弱易碎。三炷香把他薰得淚水盈眶。他止不住地一口一口深深呼吸，身體還渾身顫抖抽縮了一下，那種感覺像神明的聖靈，穿過他的身軀，時間短暫，一下子就過去。可是原先怯怕兒子們回來，為田產爭吵的心理不見了。春木就等著他們回來。

他把手上的三炷香，端端正正插在香爐，退後一步空手拜拜之後，那一張自立門戶的嘴巴醒過來了。春木站在案桌旁的邊角，和過去常發牢騷一樣，斜對眾神，像是面對老朋友，開始怪起他們來了。怪他們不夠意思。他說，不要說我父親上去的他們啦，就拿我謝春木當家做主人開始，無日間斷服侍你們也有二三十年了吧。無功勞也有苦勞啊。你們保庇我們謝家添丁，讓我生了三個兒子，這當然感恩不盡。但是，你們沒有幫我教孩子啊。春木看著關公關帝君。你不是最講義氣？在旺仔、阿龍和阿發他們身上，根本就聞不到忠、孝、仁、義。不說那麼多，孝字一點點仔都無。讓你講，安尼敢講得通？春木愈說愈來勁，總覺得老朋友理虧。一隻紅頭蒼蠅從外頭飛進來，飛到土地公的鼻頭，春木靠土地公很近，他揮手趕了一下蒼蠅。小蟲子飛開了又飛回原來的鼻頭。土地公伯啊。春木說，我們的竹筍園在哪裡，你又不是不知道。最近竹筍，特別是長得肥大的，常常被筍龜仔從筍腰吃一個大洞。這種筍子拿到菜市場，送人人家也不會要。你要我謝春木怎麼拜，你才肯幫我趕筍龜仔？一年三百六十五天，缺時不缺日，哪一天不泡茶燒香？年節三牲酒禮，哪一次有欠周到？不是我春木討人情，你們眾神大家想一想，就算我謝春木不是你們的客子，這麼長久服侍敬拜你們，你們也會保庇他才對啊，無講我是你們的客子敢不是？考試到了，電視新聞播出人家的文昌廟，母親帶孩子人來人往，門檻踏得都要塌了，我們的眾神宮文昌帝君，你也應該去分一些學生過來拜啊。不要說是為我謝春木，你們眾神也要為你們自己想想看。住在鐵皮屋裡，冬天冷得要死，夏天熱得肉都熟了，難道你們神明都不怕冷不怕熱？你們都不曾想過，要有一間像樣的廟宇？有一間像樣的廟宇多派頭。我謝春木一直替你們想。要錢啊。沒錢什麼都免講。但是沒有進香團來進香，沒人來踏廟門，錢要從哪裡來？人講神通神通，你們二十七位神明。春木腦子裡靈光一閃，他得意地繼續叨唸。你們二十七位神明，各顯神通，去全省各地找帶頭的人託夢，指點他們來進香，顯靈給他們看看，咱們眾神宮廟不在大，有你們則靈。如果你們肯這樣做，不要說我們眾神宮是在頭份，說在大雪山，都會有人攀上去進香哪。有很多廟宇香火為什麼旺？因為神明常去給人家託夢顯靈。

春木的心情舒坦多了，二十七尊神明讓他這般恣意叨唸，換是他的兒子才不可能。那種態勢沖昏了他的頭，眼看主爐上的三炷香，快只剩下香腳，他叨唸的興致不見遞減。今天我春木三個兒子，他們都在為謝家八分多地的田產爭執。你們知道嗎？眾神宮的佔地，也在這筆土地上面。如果地被他們處分了，我看我們都變成遊民羅漢腳。春木大大喘了一口氣說，變成遊民我是沒關係，你們恐怕就不習慣囉。那一隻紅頭蒼蠅，仍然停在土地公的鼻頭搔頭弄翅，再度引起春木的注意；其實是分了他的心。他這一注意，使他看到原來就被雕刻成，一副哭不得的笑臉的土地公，他話題一轉，笑，我謝春木講的是實話。春木和平時一樣，一遇到什麼不如意的事時，不是把神明的地位擺在天上，仰首懇求敬拜，即是把神明平放下來，將他們當成老朋友，可訴苦、可埋怨，甚至於責怪。今天倒是增添了新內容；那就是祖先留下來的田產，在三個兒子的爭議開端，令他感到田地難保。以前老跟人說什麼時代變了，可是這一次才真正教春木，確切地體會到時代真變了。

家裡那一頭的電話響了。他打住跟眾神的談話，快步地繞過生籬跑進屋裡接電話。他像棒球的外野手，接到快著地的高飛球。他沒等對方說話，上氣接不上下氣搶先說：

「稍、稍等，讓我，讓我喘個氣……」

「喂！聖荷西汽車旅館嗎？」

卡嚓！春木氣得一下子就把電話掛斷，隨口罵了一句：「幹你祖媽咧！青紅燈，派出所給我看成查某間。害、害我老命差一些就休了。」

也是近一兩個月的事，找這一家汽車旅館的電話，老打到家裡來。有一次接煩了，回人家說是棺材店，結果對方不饒，連續打了幾天電話來騷擾；有時還在深夜裡打來。那一陣子，家裡的電話鈴一響，令春木困擾不已；要接也不是，不接也不是。平時不怎麼連絡的兒子，說今天回來，怕是他們的電話，所以今天的電話聲，變得特別令人敏感。

一通跳號或是誤打的電話，把春木從眾神宮吸回來，一時也不知做什麼好，他這裡走走，那裡摸摸，在廚房看到菜刀，心裡強力一怔。唷！這不收起來藏還得了。那個刺龍刺虎的死囝仔阿龍回來，三個兄弟為土地談不攏，拿刀子相刣就慘了。老二阿龍確有過兩三次這樣的紀錄。春木不只將菜刀，還有柴刀、火挾之類的鐵器，都把它藏在八腳眠床的底下。有了這個顧慮，它就像頑皮的蒼蠅，癩痢頭走到哪裡，它就跟著飛到哪裡。春木神魂有點不定，他晃到眾神宮，又點了三炷香，仰著頭對眾神祈求：

眾神！您的客子謝春木懇求您，懇求您

保庇三個兒子回來，和和氣氣

不要讓他們冤家

您的客子謝春木懇求您，懇求您

春木把手上的三炷香插好，正想跨出眾神宮，突然回頭，他站在案桌的邊角，擔心地面對眾神說：

眾神！我方才拜託您們的話，您們都聽清楚了吧。我那個第二的，設檳榔攤的那個阿龍，兄弟裡面，這個最番，您們就替我看好，不要讓他亂使來。關帝君，您是武身，阿龍就交代您了。

眾神！有人沒人來進香，後回再講，您們千萬千萬就不要讓他們兄弟冤家相打才好。有聽無！

春木晃啊晃，從小路晃到馬路口。離兒子們回來還有一段時間。但是，好像沒讓春木看到他們回來，這段時間就不知道要做什麼好。如果問春木來路口等兒子？他不清楚，也不會承認。離路口不遠的橋頭，有一部遊覽巴士，停在那裡換輪胎。聽說是南部的一家養老院，載一群老人環島旅行的。車上的老人都下車，有的在就近走動，另外有十多個人，排一排地坐在水泥橋欄上，不怎麼講話，也不怎麼動。春木被裡面一張熟悉的面孔嚇了一跳。那不就是開漳聖王嗎？把眾神宮裡面開漳聖王的鬍鬚剃掉，就是這個模樣。然後再看看其他的老人，奇怪的是，有幾個人和眾神宮裡面的神明，都有些神似；那不就是土地公？還有濟公、呂祖，喲，牛埔仔王公……。原來想靠近他們搭訕的春木，他楞在一段距離，往橋欄那邊看。坐在橋欄上的老人，本來並沒有一致的焦點，可是，在他們不遠的地方，有一個人那麼驚訝地望著他們，他們也無法不好奇地回望春木。他們這一回望，春木又看到清水祖師，和試百草的五穀王。春木心裡那一股莫名的著慌，越來越高漲，他回轉頭想離開，低頭一看路，看到娃娃臉滿頭大汗蹲在那裡的司機。他抬頭看看春木。呀！這不就是三太子哪吒？

春木朝著小路，心急急地跑，腳步卻裝得平常，不過走起來就不自然。他想，這太巧合了。巧合？一兩個人長得像還算巧合，坐在橋欄上的老人都像，這怎麼是巧合？春木害怕地一邊走一邊喃喃唸著：

眾神啊！您們誤會了。我謝春木一支嘴亂亂講，但是無歹意。真正的，我絕對無歹意，我可以咒誓。我謝春木如果心存惡意，五雷擊頂，絕子絕孫……

在大樟樹那裡轉個彎，眾神宮就在眼前。春木大踏步走到廟前，先雙手合十拜了拜，再跨進廟裡點了三炷香，恭恭敬敬，仰首面對眾神。他正想開口說話時，他退後一大步，跪下來：

眾神啊！

您們的客子謝春木懇求您們

懇求您們……

作者簡介

黃春明，台灣宜蘭人。曾從事小學老師、記者、編劇、導演、製作人、廣告企畫等，現任東華大學駐校作家。作品譯為多國文字，為台灣當代重要作家之一。曾獲吳三連文藝獎、第二屆國家文化藝術基金會文藝獎、中國文藝協會文藝榮譽獎章。著有小說《兒子的大玩偶》、《莎喲娜拉．再見》、《看海的日子》、《放生》；散文集《等待一朵花的名字》；童書《小麻雀．稻草人》、《愛吃糖的皇帝》、《短鼻象》、《小駝背》、《我是貓也》。

關於創作

小說在文學裡面也是多元的文類，它可以放在藝術的範疇裡面去欣賞，放在社會裡面去看時代，放在文化裡面去看人的價值，它可以放在等等等等裡面，或者統統涵蓋。

（摘錄自黃春明《放生》自序）

極短篇兩則

楊蔚齡

之一：蜘蛛

越過那流汗的肩胛，她在天花板鏡子的反射中，看到交疊在一起的男女肢體，活像一隻多足的蜘蛛，在老風扇趴咑趴咑地旋轉下蠕動著，轉著…………。她從小害怕蜘蛛，而現在，她不敢想像自己到底是蜘蛛的一部分，還是蜘蛛的獵物。

錯亂中，她的眼皮開始沉重，沉重……。穿著學校制服，雀躍在林子裡，山好青，水好綠，蟬聲好響亮，她和村子裡的孩子們一起戲耍著，她們穿過土地祠，跑過雞舍，故意

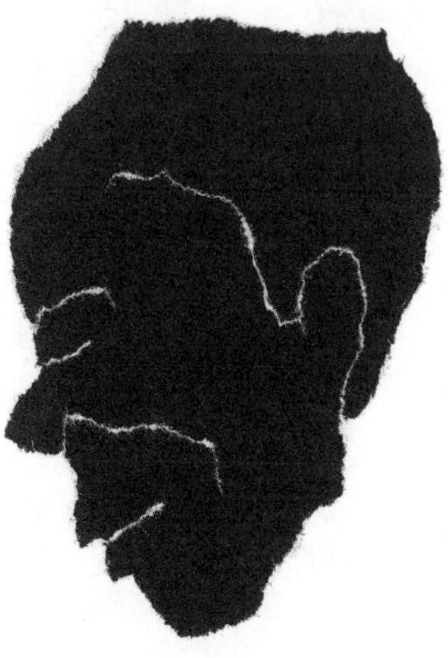

把花臉婆養的那窩雞嚇得咯咯叫。隔著土坡，傳來母親帶著醉語喊她回家吃飯的聲音，她很不情願地往回走，回家路上，她慢吞吞地一邊唱歌一邊拾著百香果，把撿到的百香果往背後的竹籃裡放，沉甸甸地，百香果愈放愈多，愈來愈多……。忽然，整個天空充滿了百香果，狂風暴雨似地砸在她身上。

痛，她感到強烈的痛。

「爛貨，人都走了，你還睡！錢呢？」啪、啪、啪，幾番拳打腳踢，她的夢走了，百香果不見了，看到的是老鴇扭曲變形的臉。

錢？她不記得了。迷茫中，還依稀聽到隔著山坡母親喊她回家吃飯的聲音。

「我打死你，臭查某敢偷懶！」她清醒過來，趕緊辯解：「有，有錢，有錢！」爬向床沿，翻開床墊。天哪！錢呢？除了一隻倉皇逃逸的蜘蛛之外，床墊下的錢一毛也不剩。她恍然，剛剛那個客人不只沒付錢，還趁她睡著時，將這些日子所攢的錢全部偷走了。

她楞在那兒。

三年來，她的日子只是一張雙人床。就著五燭光的紅燈泡，一個個赤條條的男體，急喘喘地來，又汗津津地走。剛開始時，她不管白天黑夜，只是一回一回的忍受著，她知道自己必須努力接客賺錢。今天，她已經記不得是第幾次，在折騰下，只感覺到極度的麻木和疲倦。

到底怎麼啦，當那個男人趴上她身，她居然睡著了，好久不曾有夢，而這夢竟是如此甜美。「給我好好修理一頓，叫她記在腦子裡！」老鴇撂下話後轉身而去，透過那五燭的紅光，昏暗中，她看到保鑣走過來，一個旋風踢，她整個人被踢飛向牆壁，掉下來，昏厥了過去。

當另一個赤條條的男體撲來，滿室死寂。天花板上的風扇趴吋趴吋地，將那五燭光分割成網狀，她像一隻被蜘蛛掏空的獵物，在網裡顫抖著。

之二：斑馬

清晨，陽光穿過鐵窗，照射在地上，將黑暗的囚室分割成黑白分明的光影。他捲縮在牆角的囚床裡，盯著地上那半面鐵窗的影子，看它越拉越長，變成一個四角黑框。隨著光影的流動，黑框慢慢爬、慢慢爬，爬到他身上時，他被分割成條狀。他頓時覺得自己像一匹斑馬。忽然，他猙獰地對著屋內一角的監視器激動起來，扭舞著，狂嘯著。

他的挑釁並沒有獲得任何的回應。

窮極無聊中，他對著自己的影子，狂亂地和影子跳舞……蹦恰恰、蹦恰恰，而那面移動的窗戶，已經順著牆壁往上走……停駐在他頭頂的白牆上了，他在那交疊的，一黑一白、一白一黑……線條的錯亂中吶喊著：「我是斑馬、我是斑馬！」

在鐵窗內囚了二十多年的他，聽覺、視覺都極度敏感，他記憶的灰色地帶，血濺的、懺悔的、日夜交替地輪迴，一波波黑白難分的……，惡念起、善念來，惡念又起；黑條子是白、白條子是黑……白、黑、白，斑馬線似的擾亂著他。

「媽的，走狗運，像你這種垃圾，居然特赦也有你的份。警告你，少關五年是給你重生的機會，出去以後老實點，再犯案進來的話，絕對讓你橫著出去。」

帶著這些話，穿過長長的甬道，他一步一步向光明處走。身後，鏗鏘鏗鏘的是一道道鐵柵門重重的關閉聲。他沒有回頭，只留下自己腳步的回音，在長廊裡迴盪。

站在監獄門口，許久，仍不見妻子來接，應該不會來了，他想。從判決入獄開始，她就不曾來看過他。陽光刺眼，他朝著大路向前走。

一輛公車駛來，他沒有目的地上了車。管它車開往何處？這個陌生的城市，是他曾經生活過的城市嗎？二十年不見了，怎麼樣才能喚回記憶？

車停了，停在一個陌生的地方。他下車，往前走，一條令人目眩的斑馬線，映入他眼簾。他注視著人行道，那一條一條齊整而規律的線，勾起他的鐵窗回憶。他想：「伊娘卡好，這麼多年什麼都變了，就是這斑馬線還在。」他不屑地吐了一口痰。

他想起那一天，過馬路時，他身旁走來一名穿著細高跟鞋的女子，她搖晃著皮包過街，手上的鑽戒一閃一閃地，刺著他的眼。他搖晃著口袋裡僅有的幾個銅板，便禿鷹一般，迅雷不急掩耳地將那女人的皮包搶了過來，轉身逃跑時，他想到那隻手上的鑽石戒子，在折回來拔戒指時，被路人群起制服了，而那名女子，在驚慌後的一個踉斗，被另一輛急駛的車子輾斃，車子逃逸。法官判決人命由他擔負刑責……他怎麼也不願接受他殺人的指控，可是血跡斑斑的事實……斑馬線、鐵窗……二十年，依舊只有幾個銅板的口袋……。

綠燈亮了，他走過斑馬線時，身旁一個不敢過街的男孩子站在路口，他順手拉了孩子一把，他記起兒子的手，那溫溫暖暖的小手，他二十年沒牽過了。他們終於走過斑馬線。一股黑沉沉的悲哀，卻向他襲來。

作者簡介

楊蔚齡，一九六〇年生於高雄市，曾從事救護員、國家公園解說員、航空公司空服員、難民服務、編輯等。作品曾獲第三十六屆中國文藝協會文藝獎章、中華民國八十六年中山文藝創作獎等。著有《邊陲的燈火》、《知風草之歌》、《希望的河水》。

關於創作

波斯詩人奧瑪加音（Omar Khayyam）說，生命如游絲，沒人知道它從何處來？往何處去？生而為人，最重要的便是要找到生命的位置。在這個殘酷、蠢動、隨時可以爆炸的世界裡，每一個個人不禁要問自己，應擔負何種角色，何去何從？建築大師萊特認為，他工作不只是為了責任、為了生活，主要目的是為了實踐他為人類所構築的偉大夢想。

存活在浩瀚宇宙，常感知到以自我的渺小，如何能解除這世界的苦難？杜斯妥也夫斯基曾說，世界將由美來拯救，美和善原是一體兩面的，在人類歷史的演進中，美使我們的精神昇華、善使受苦的生命得到救援。不管世界怎麼變，總要在美與善之間懷抱希望。或許，可借文學滴水穿石的韌力，來堅守一個文學工作者的生命位置。對文學，不要叫它做小河，要叫它做大海！

停車位

何致和

野貓烏比沿著牆緣躡足走來，打算依照慣例，到他慣常睡午覺的汽車底盤下打個小盹。

當他走近汽車，正準備自高牆上躍下時，卻發現汽車底盤下露出了一截毛茸茸的白尾巴。

「是狗！」警告的訊息，從他細小的瞳孔，在不到百萬分之一秒的時間，便傳至他的大腦，再經由腦神經放大至全身，使他混身毛髮倒豎。隨即，他馬上發現這是沒有意義的：狗是一種遲鈍的動物，根本不會感覺到他散發的敵意。

烏比從高牆躍至車頂，沿著車子的擋風玻璃滑下，在引擎蓋上留下一行腳印。他在引擎蓋上坐下，思考著眼前的局勢。每天這個時

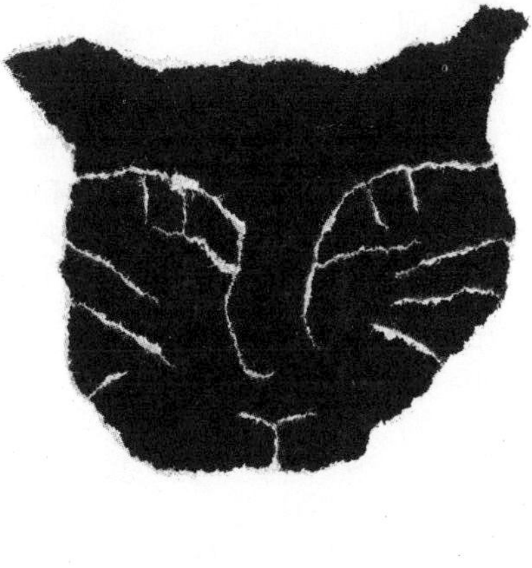

刻，他都會到這輛車所停的位置，鑽至車下睡午覺。巷裡的貓都知道，這是他專屬的地盤，沒有人敢侵犯。但是，今天占了他的位置的，卻是一隻狗。一想到他的睡鋪被一隻混身髒兮兮，毫無家教修養的野狗占據，他便不由得咪嗚咪嗚氣得叫了起來。

「怎麼辦？」他感到十分苦惱。儘管巷裡停的車輛很多，但不幸的是，他有強烈認床的習慣——換一個地方，他可無法好好安睡。

「昨晚真不該跟小毛打架的。」他心想。毛毛住在隔壁巷子，他們一向感情不錯，常常一起到垃圾堆找食物。但是，昨天夜裡為了那隻發情的波斯貓咪咪，他們在屋頂上大打出手，如果他沒記錯的話，他好像狠狠咬了小毛的後腿一口。毛毛忿恨地逃了，但他也沒有得到好處。咪咪那隻賤貓，在一旁咪咪笑著看他們打完架後，竟然和巷尾那隻大花貓要好去了。如果沒跟小毛打架，就可以請他幫忙，先下去把大白狗引出來，他就可以奪回車底下的位置。就算大白狗追累了調頭回來，想搶回這個位置就沒那麼容易了。他有地利，以逸待勞，肯定能把不識相的大白狗狠狠抓出幾道爪痕。

但是，朋友已經絕裂了。至少，這幾天毛毛是不會理他了。眼前的問題，只有自己想辦法。

烏比從引擎蓋上輕輕躍下，無聲無息落在地上。他弓著身子，保持警戒姿式，準備一有狀況就跳回車上。在車底下，那隻大白狗閉著眼睛，頭枕在前爪上，安安穩穩地睡得很熟。

「喵嗚……喵嗚……」烏比試探叫了幾聲。

大白狗動也不動，似乎沒有聽見烏比的叫聲。

烏比焦躁地來回踱步，原地繞了幾圈。而後，他鼓起勇氣繞到汽車側面，慢慢接近這隻大白狗，直到自己的臉快貼上他的鼻頭時，才憋足氣大喊了一聲：「喵！」

大白狗一隻眼睛像快門一樣，啪嗒睜開。烏比嚇了一跳，猛然往後跳開，他逃了兩步，發現大白狗並沒有追來，但還是假裝自己在追逐落葉，又往前跑了幾步才停止。他左右張望了一下，還好，沒有人看見他剛才的糗態。他喘著氣，想到剛才大白狗只睜一隻眼的樣子，臉上皮膚全皺了起來，面目猙獰嚇人。他覺得剛才好險，自己怎麼會笨到站在狗的面前，萬一他衝出來該怎麼辦？

烏比走回那輛汽車，發現原本趴著睡的大白狗換了姿式，現在他伸長了四肢，整個身體橫躺在地。他氣得發起抖來，這隻狗未免太瞧不起他，完全不把他放在眼裡。以大白狗現在這種姿式，是不可能立即爬起來追他的，不過，為了安全起見，他還是繞向汽車另一側，走到大白狗尾巴那端。

他打算再吼個幾聲，告訴大白狗這是他的地盤。然而，他一走到大白狗身後，卻被眼前的景象吸住了：一根白色毛茸茸的東西在他面前晃動了一下，停住，然後又搖擺了兩下，再停住。烏比全神貫注，眼睛隨著這個東西左右移動。他曾在高牆上，看見咪咪的主人在家裡拿這種東西逗她，那時，他還在暗自竊笑，嘲笑咪咪居然笨到會對那種東西感到興奮。但現在，身為野貓的他，第一次感受到這個東西的誘惑力。他前胸貼著地面，向前伏行了兩步，伸出前爪摸向那根逗貓棒。那根貓棒突然動了，擺到另一邊，躲過他的爪子。烏比覺得很有意思，又向旁邊撲去，而那根貓棒又再度閃過。

「咪嗚……」另一隻貓的叫聲傳來。他回頭一看，毛毛已不知在何時走到他身後。

「這是什麼東西？好像蠻好玩的。」毛毛盯著那根逗貓棒說。

烏比心頭一涼，原來毛毛剛才早就躲在這附近了，剛才他的一舉一動，毛毛一定全看在眼裡。這小子，需要他幫忙的時候不現身，一看到好玩的東西就立刻跑來。

「吼嗚……」烏比露出牙齒，對毛毛發出警告的聲音。「這是我的，你別搶。」

「你又還沒抓到，怎麼算是你的？」毛毛說。

「是我先看到的。」烏比說。

「如果看到就算，那這東西應歸我才對。」毛毛微笑說：「我早就看到了，還看到剛才有隻貓被狗嚇得拼命亂竄。」

烏比快氣炸了。此時，那根白色棒子又動了一下。他們忘了鬥嘴，同時向它撲過去，但兩隻貓撞在一起，沒有誰摸到。他們相撞後，立刻向左右跳開，彼此齜牙怒視。

此時，一個人影走進巷子，快步向他們這裡走來。毛毛立即警覺地跳回牆上，烏比也急忙竄進車底；然而，烏比才一鑽進車底，便發現不對：在陰暗的汽車底盤下，有一雙黝亮的眼睛正瞪著他。他居然鑽進被這隻大白狗占據的車底。

「嗚……」大白狗翻過身來，朝他咆哮著。

「喵……」烏比也發出生氣的叫聲，沒有退讓的意思。原本他不知道怎麼搶回這個位置，現在既然已經進來了，而且外面又有毛毛在看好戲，他絕對不能退讓。他弓著背，汗毛倒豎，睜大渾圓雙眼直瞪著大白狗。

他們就這樣對峙著，儘管從他們上方傳來砰然一聲，接著是一長串隆隆聲響，但他們誰也沒有先攻擊或退讓的意思。不知道是否因為緊張的關係，他覺得車底下越來越燠熱，濕氣也越來越重。外面閃過一道亮光，跟著又傳來更大一聲巨響，烏比緊張的情緒已繃至極點，但他強迫自己堅持下去：他一定要搶回這個位置，奪回他每日睡午覺的地方。

突然，周遭逐漸亮了起來。烏比和大白狗一起抬頭往上看去，看到的卻是烏雲密布的天空，還夾雜著閃電：那輛車子開走了。

一滴水珠落在烏比的鼻頭上，接著，大雨傾盆而下，這個停車位瞬間便成為一個水坑。大白狗夾著尾巴跑走了，獨留烏比坐在水坑中，咪嗚咪嗚地叫著。

作者簡介

何致和，一九六七年生於台北，文化大學英文系畢業，曾任出版社主編。短篇小說曾獲聯合報文學獎、寶島小說獎、教育部文藝創作獎。著有小說集《失去夜的那一夜》。

關於創作

我喜歡嘗試各種手法、各種題材，在無中生有的痛苦過程中達到完成的樂趣。

委員

方梓

是有些為難，究竟離或不離？不離對選情可能有影響，對手會拿他和李琳的事來打擊他，可是離了，誰來照顧阿爸？雖然離婚是私事，恐怕得找榮岳他們來商量，來個沙盤推演比較周全。

望著玻璃帷幕反照的自己身影，他看到自己不安的樣子，八月的天氣，他竟然感到一股冷意，空調太冷了，還是少了李琳溫潤的身軀。為了這場背水一戰的選舉，他和李琳有一個月沒在一起了，自從該死的狗仔隊來了之後，他搬出李琳的套房，連幽會也總是小心翼翼的，是因為這樣的壓力嗎？李琳最近逼他離婚的情緒越來越高漲，甚至以性來懲罰他。

他和葉雲其實早該離了，二十年的婚姻，五年的爭吵，十年

有名無實，至於，新婚的前五年，他竟然記憶模糊，這樣的婚姻兩人竟然都沒提到離婚，葉雲愛孩子，又沒謀生能力，是她不離婚的原因，他呢？離不離對他都沒影響；從分床、分房到現在的分居，葉雲對他放牛吃草，不聞不問，他也就樂得輕鬆自在，情感一日一日的流失，距離像蠹蟲，吞蝕了兩人的過去，甚至預支了未來。

葉雲是孩子的母親，爸媽眼中的好媳婦，一個不能離開的親人。

這十多年來，他交往過不少女友，似乎從沒認真過，對李琳其實也沒認真到要結婚。為形象結婚？或者，應該是為形象離婚。

該如何向葉雲開口？時間如刀，輕輕的刮，日日的刮，再厚的情愛也刮破了。這十年和葉雲幾乎無話可說，即使難得的除夕夜同桌吃飯，他也只是遞給她一包壓歲錢，一聲：新年快樂。

什麼時候開始給葉雲壓歲錢？是他第一次領年終獎金吧，那時善善三歲，他第一次工作滿一年，也是至今唯一的一次吧。玉靜說他是少爺命，無須為錢煩惱。他有個有錢的父親和能幹的母親，也似乎注定了他浪蕩的一生。

從終年沒有固定的工作到主持廣播節目，他也只能給葉雲一年一次的壓歲錢。他知道葉雲不缺錢，父親每月給的生活費，節省的葉雲用起來綽綽有餘。給葉雲壓歲錢彷彿是他一年唯一盡丈夫的職責。

墨色的夜裸露出黑黝黝的缺口，她害怕一個不小心掉入；常常她在極疲憊中入睡，卻也在不安中惶惶醒來，面對沉沉壓下來的夜，那個缺口就置放在那兒等著她掉落。

夜是如此可畏，白晝呢？午后公公小寐，她坐在窗前，屋內靜極了，像靜物畫，她的坐姿也一如雕像，窗外的巷子默片般的人來人往。這是一條走出去的巷子，也是兒子回來的途徑，她該走出去，還是繼續等兒子回來？入秋兒子就要到中部讀大學了，她等誰呢？心情就像巷口那棵菩提樹，努力的伸張枝椏，都探觸不到遠方，也探觸不到丈夫的心。她是定在這兒的一棵樹，樹要如何移植？

昨日和阿秀和玉靜商量有關離婚的事宜，她們超乎熱心的提供許多意見。自從十年前她宣布婚姻死刑，她們就等著這一刻，好來落實她們的關心，就在她們失去興趣，關懷無處著落後，這一刻，再度沸騰她們澎湃的熱切，比咖啡還滾熱燙口的情緒就像在商討結婚事宜。

「贍養費最少也得一千萬，外加一棟房子！」玉靜激昂的聲調，好像在談論聘金和禮餅。

「善善都十八歲了，有什麼不放心，總不能一輩子當他們家的特別看護，女人有多少二十年。如果要找工作，我讓阿超幫妳。」阿秀胸有成竹的已打點好她未來的出路，彷彿只要離婚，從此過著幸福的生活。

從此過著幸福的生活？二十年前她是這麼想著的，被囚禁了二十年的她成了王子的媽，幸福是一頁頁讀不完的心酸史，是一層又一層不能摳揭的結痂。幸福是過期的食物，霉了也酸臭了。

贍養？定生什麼時候養過她？當初結婚，同學都羨慕她嫁給有錢人，有錢的是公婆，也不過是幾筆房產和一小筆土地，前幾年，公公退休，加上中風，房租的收入不夠開銷，開始賣房子過生活，她不但做不成少奶奶，倒成了廉價的台傭。

爸爸當年是那樣斬釘截鐵的反對：寧可嫁給散赤肯打拚的人，嘛不通嫁乎要吃不討賺的人。她是怎麼說服爸媽的，她說定生有才能，只是無機會。

至今她還是相信定生有才能，只是沒定性。定生說從小他就希望當個音樂家，獨子的他，父親要他做生意，他一氣跑去讀中文系，立志要寫作。和定生認識時，定生剛退伍，在一家小雜誌當助理編輯，她是隔壁貿易公司的小秘書，都在樓下的自助餐吃飯認識的。定生說他要當個專業作家，煩瑣的編務會妨礙他的寫作，她極力的支持，甚至用婚姻下賭注。

她是輸了這場賭注。

榮岳說律師事務所打電話來約時間，和正然律師事務所聯絡過了。順手指著行事曆上的兩個時間說：「這兩個時間也都算過，不會有牽扯，吉利。」

兩個紅色的大圓圈，宛如結婚時貼在房門的雙喜字。他和葉雲結婚時新房門口貼了兩個紅豔的雙喜，葉雲一直捨不得撕下，直到兩年多，顏色變成粉紅色，掉了口，葉雲才用刷子刷掉。如果兩個圓圈象徵這次的選舉也是大吉大利就好了。

「你們安排就好了，細節都列好了嗎？待會兒拿給我，我再看一次。還有節目大綱給我，上次的子題不夠辛辣，記得儘量要來賓對立的感覺，這樣才吵得起來。」他懷念主持廣播節目閒扯的快樂，現在政論性的叩應節目也像八點檔，口味越來越重，小事得放大，節目進行時他還得煽動些情緒，讓兩派不同意識形態的來賓舌戰。

從他打開廣播電台的門，已有政界的門等著他開啟，他一直是這麼想，當然，婚姻這扇門也從此被關起來了。

葉雲就是短視，沒耐性，否則今日就是她和他共享成就。

「委員，要出發準備上節目。」榮岳敲著門提醒他時間到了。為了討吉利，兩個助理已改口叫他委員。他覺得他天生就是政治材料，不走政治這條路可惜了。

如果早幾年從政就更好了，機運啊！從一個代班播音員到今天，不過四、五年，他已成了小有知名度的政論性節目主持人。如果當年不要死心眼當作家，也不枉走這麼些年。

「委員，周刊要訪問您。」阿孟遞給他手機。

「我早已離婚，交女朋友很正當的事。」

是一家綜合性刊物，不問他想參政的理想，盡問些他交女朋友的事，還問他什麼時候離婚，怎麼離婚。分居了十幾年，不等於離婚嗎？

「委員您當年如何參加街頭運動？」

阿孟啊，你真是錯過那個風雲際會的年代啊。

青春的記憶從敻遠飄來，那真是美好的戰役。他輕輕拍阿孟的肩：問榮岳就知道了。

「葉小姐已經來了。」張律師的口氣有些抱怨他的遲到。

葉雲好像瘦了，顯得有些黑，卻顯得年輕。有多久沒有好好端詳她？葉雲的五官很漂亮，只是整日板著臉，像個門神。她朝他望了一眼，牽動一下嘴唇，算是微笑吧。

「王先生，葉小姐對於離婚的細節沒什麼意見，贍養費她堅持要五百萬，另外加列了這一條，你看看。」

不得發表對葉雲個人不利之言論。

「我沒有啊！」他對葉雲發出埋怨之聲。

葉雲遞給他一疊有關於他的訪問文章。憤憤的說著：

「我跟你是談戀愛結婚的，不是相親，更不是為了你家的錢，另外跟你分居是因為你不斷的交女朋友，不是害怕你參加街頭運動，還有，你什麼時候參加過街頭運動？你要怎麼說，我不干涉，唯獨不可提到我。」

對於葉雲的憤怒，他不知該說什麼，相親和談戀愛結婚有什麼差別，還不都是離婚。他是參加過街頭運動，五二〇農民運動，他看熱鬧，一時情緒激動跟著走街，喊得比別人大聲，還跟著砸石頭，被警棍敲了頭腫了一塊。隔天一家支持黨外的報紙刊了一張他站在一個血流滿面的人的後面。

他特地到報社找那位攝影記者，要那張照片做紀念。那時被父親叨唸了三天，深怕有人來家裡搜查，葉雲倒沒說什麼，用酒揉他受傷的地方，問他痛不痛。他是參加過街頭運動，有照片為憑，解嚴後，他把照片放大掛在書房，現在掛在競選服務處。

「對了，離婚後，妳要搬出去，不能再住家裡。還有不能對外說我們離婚的事。」

他要律師把這些也都列進去，至於五百萬，可不可以在離婚後三個月內付清。

葉雲出乎意料地爽快的答應，他突然有些後悔，難不成葉雲有男朋友急著離婚，若是如此，也許不用五百萬，競選期間需要用錢，能省就省。

雙方列清細節，約好簽字時間，他問葉雲要不要送她回家，葉雲擺擺手，逕自離去。

再半個月就要簽字離婚，她卻還沒告訴爸媽。

入秋了卻仍熱得汗淋淋。善善過兩天就要到學校，陪他去找房子順道回高雄娘家，總要面對兩老的責怪，或者擔心吧。

去年婆婆過世後，她以為大概一輩子也走不出去這個家門。她突然想起善善小時候跟他說的童話故事《萵苣姑娘》，關了二十年，來解救她的不是白馬王子，她沿著自己的髮辮下塔，面對全然陌生的社會。那個她該等的王子，卻是一個小王子，一心一意只掛念他的玫瑰花，永遠的孩子，找不到回家的路。

她要走了，她不再是一棵菩提樹，她是塔外的萵苣姑娘，她的人生才開始。

她沒有找任何朋友，答應定生離婚是想解救自己，冷靜得連自己都害怕；這三天裡不知那來的勇氣和力量，為了善善偶爾來看她有房間住，她看了一間二十來坪的房子，兩房一廳，離市區近交通各方面都方便。這幾年婆婆心疼她偷偷塞了好幾次的錢，這些錢加上二十年來存下來的錢剛好可以付清五百多萬的新房子費用，贍養費就當養老金。新房子附近有家超市，她應徵了早班的收銀員，下午時間再去學點什麼，或者當義工也可以。公公那兒有印傭照顧，她可以放心，離婚了，她似乎也不該操太多心。

四十五歲，邯鄲學步，她沒有太多的要求，步伐總是要踏出去。

下了場雨。稍稍澆退一些熱氣。他卻顯得心浮氣燥。葉雲這麼輕易的答應離婚，一定是有了男朋友，或者更早就有了，否則怎能對他交女朋友不聞不問？聽說她買了房子，也找到工作，可見她早已盤算好。他越想越不是滋味，這個女人騙了他，若簽字離婚不是便宜了她，算了，選舉比較重要，他嘆了口氣，反正那五百萬也是父親出的。

「委員，電台的 call out，就在線上。」榮岳指了閃著燈的二線。

「是，謝謝，我是在國外念了兩年的財經，可惜我父親中風，碩士學位沒拿到就回來，是，小時候家裡窮沒錢買紙筆，我都是用竹子在沙地練字，窮困出身才會了解社會大眾的需要。我前妻啊，她是能幹的女性，她有她自己的事業，我尊重她的選擇。

結婚？大概不會，我有中風的父親以及兒子要照顧，恐怕沒有哪個女人敢嫁給我。謝謝，現代新男性都該是這樣的。是，我曾經是作家對文化當然非常重視，蘇格拉底不是說過：『治國者當以文化為第一要務。』謝謝，搞政治也是要讀書的。當然，政治人物是要退出媒體，等我登記參選一定會辭掉電視主持人，當然，當然。感謝妳，謝謝妳的訪問，再見。」

他才掛完電話，榮岳就進來，一面遞給他晚上電視節目的大綱，一面小心翼翼的對他說：「委員，剛剛那句話是柏拉圖說的，對不起是不是我寫太草您看錯了。」

不是他看錯是記錯，他揮揮手：「沒關係，我們的聽眾聽不出來的，只要提到這些古聖賢，有誰會懷疑？對了，再多抄一些偉人的語錄給我，多少用得到。還有簽字的地點一定得保密，不能讓記者知道。」

葉雲又瘦了，穿著時髦還化了淡妝，整個人十分亮麗，定生有點看呆了。戀愛中的女人，他恨恨的想著。

葉雲似乎感覺到定生異樣的眼神，這個多變的男人，希望他不要變卦。「我剛上班。」定生愛面子，葉雲刻意不在律師面前說自己只是個收銀員。

「恭禧，這麼快就找到自己的人生，沒想到離開我對妳有這麼大的幫助。」定生語中略帶醋意。

葉雲不知該如何回答，對於她這樣的處境，有什麼值得恭禧。只能笨拙的說著：「祝你高票當選。」

收下二百萬元的支票，葉雲確認無誤連同離婚協議書副本一併放入皮包。

走出律師事務所，天空斜掛著太陽，微微的風拂捲著幾片落葉。葉雲這才驚覺這個宛如風箏的婚姻真的完全斷線了，空蕩蕩的令人想飛起來。

「李琳，待會兒見。」他心情複雜的撥電話給李琳，像口被掏空的袋子，需要填補。掛完電話，他看到人行道上的葉雲，陽光照著她的背，水藍色的洋裝，彷彿一汪海洋亮燦燦的，浮盪在他心中。

作者簡介

方梓，本名林麗貞，台灣花蓮人，文化大學大眾傳播系畢業，國立東華大學創作與英語文學研究所。曾任出版社總編輯、消基會《消費者報導》雜誌總編輯、文化總會學術研究組企劃，現任《自由時報》自由副刊副主編。著作有報導文學《人生金言——一百位名人心影錄》、《他們如何成功》、《傑出女性的宗教觀》，散文集《第四個房間》、《采采卷耳》，以及兒童文學《大野狼阿公》等。

關於創作

小說必須是有生命的，建構在反射／反諷人的本質。

小說的語言是一種符號，做為社會現象的表徵與展現；故事／劇情與結構固然是小說的主要構成因素，但其精神是落在人性的探索、挖掘與分析。而書寫形式只是為文本裁衣，可隨潮流、可自創新意，不是框限小說的形體，是裝飾引蝶作用。

我贊成以各種書寫形式（即使是怪誕）來完成小說，但若只在形式或語言文字的雕琢，忽略人性與社會性的功能，充其量只是一襲華麗、新奇的衣裳，不是一個「人」。

我的叔叔

林巧鄉

叔叔偷偷爬出我童年的巢穴，跟著熱鬧的遊行人潮離開，從此再也沒有回來。他把我遺留在巢穴裡，獨自聆聽植物根部緩慢抽慉的聲音，撫摸流水般的黑暗，從此拒絕光亮。

長大以後，我問媽：「叔叔到哪裡去了？」媽說：「妳沒有叔叔啊。」

我沒有叔叔。真的嗎？真的嗎？

在舊厝的廚房裡，叔叔對我展示一張又大又長的卡紙，上面掛滿了一排排的只有食指那樣長的玩具小劍，每一個金屬製的劍鞘上都盤一條小龍，劍柄還繫著各式顏色的流蘇。「妳可以拿走

兩排。」昏暗的燈光下，我看見叔叔高舉的雙手，幾乎要被那百餘柄精緻的小劍給刺穿。

我胡亂挑了兩排劍，把它們塞進鉛筆盒裡，跟鈍鈍的利百代鉛筆排在一起。

還有一次，叔叔的卡紙上，掛滿蝸牛殼形狀的棒棒糖。

我始終不大記得叔叔的模樣。他的髮型、他的衣服式樣、他的氣味……彷彿都垂掛在半透明的櫥窗裡，我知道它們全在那裡，像是在對外展示我的童年，又好像不是，那是一個極為密閉的空間，它引誘妳伸出手來，但妳也只能把雙手緊緊貼在堅硬的玻璃上，亟欲看清楚裡面的一切，卻無法穿透。妳不敢將玻璃打破，妳怕，怕外面的空氣會將裡面各式的美好記憶給戳傷，怕叔叔從櫥窗逃走，連可供懷想的模糊形象都消滅。

叔叔大部分的時間都待在廚房裡，翻翻報紙，有時候喝一種味道苦澀的茶（我曾經偷偷喝過一口，嘴巴整整苦了一天一夜）。更多時候，叔叔玩拼圖，他告訴我：他永遠只拼一張圖。我深深記著那張拼圖有一大半部分被深藍色的海，從右上角到左下角所切割，沙灘上有一棵直立的光禿禿的樹，除此之外，就沒有其他的了。我問叔叔為什麼沙灘會長出樹？他說：「樹是從畫裡長出來的。」叔叔的拼圖是碰不得的，可是有一次，他終於讓我碰了。那是五百塊裡面的最後一塊，光滑得像一滴湛藍的水，我拼上去的時候，那棵樹馬上不見了，叔叔神秘地說：「樹被海水淹沒了喔。」我詫異又興奮，好像看了一場魔術表演。如果我沒有記錯的話，叔叔每次拼玩圖，那棵樹所在的位置和形狀、大小，都不盡相同。

長大以後，我忽然想要尋找一盒跟叔叔擁有的一模一樣的拼圖，卻怎麼樣都買不到。沒有人的拼圖裡，有一棵隨時會移動的樹以及那麼具有侵略性的，海。

我很喜歡叔叔，喜歡的程度勝過同年紀的玩伴們。

我曾不斷跟小學鄰座的小男生，炫耀我有這樣一個好的叔叔。多年之後，在國小同學會上，我試探性地詢問那個已經變成大男生的小男生，是否記得我經常跟他炫耀的那個叔叔，他摸摸頭，歉歉然的說他忘了。

我曾經寫過一個作文題目，叫做：「ㄨㄛˇ ˙ㄉㄜ ㄕㄨˊ ㄕㄨˊ」。開頭是這樣的：「ㄨㄛˇ ㄧㄡˇ ㄧ ㄍㄜˋ ㄕㄨˊ ㄕㄨˊ。ㄕㄨˊ ㄕㄨˊ ㄕˋ ㄨㄛˇ ˙ㄉㄜ ㄇㄛˊ ㄕㄨˋ ㄕ。」至於其他的內容在說些什麼，我已經毫無印象。於是，我到儲藏室裡，翻遍了滿是灰塵的作業簿、聯絡簿、日記本、圖畫紙以及髒兮兮的一捆宣紙，終於找到了好幾本小學的作文簿。拙稚的字跡，從木頭鉛筆到自動鉛筆，再到原子毛筆，讓我忍不住發笑。但我竟沒有找到那一本，寫著：「ㄨㄛˇ ˙ㄉㄜ ㄕㄨˊ ㄕㄨˊ」的作文簿。就獨獨缺那一本。

常有人說：書寫是可怕的。因為許多事情一旦被書寫下來，就會以紙質的姿態存在，即使你在上面畫了幾條線，或是塗了幾層立可白，原來的文字依然不滅，就像塑膠袋埋進土裡，那樣的不滅（就算是鉛筆，用橡皮擦擦掉，還是會有痕跡）。除非你把紙張燒燬，否則文字是無法被單獨燒燬的。

而現在，我不但找不到那篇作文，就連年代久遠的被老師硬性規定的日記本裡，也沒有任何一個「ㄕㄨˊ ㄕㄨˊ」的字眼。這是怎麼一回事？所有關於叔叔的線索，都在我想要把他找回來的時刻徹底斷裂了，於是我開始懷疑：叔叔真的存在過嗎？還是他只是小時候某一個夢境裡的人物呢？

他的確是像夢一般的。

叔叔為我打開的每一片風景，都是夢裡才會有的風景。所有的事物都具備了它們的可能性，並且靈活地像個童話故事那樣的迂迴進行，不被現實所干涉。我知道叔叔是一個富於情感的人，雖然他整個人的色調非常灰暗，極少開口說話。但他的魅力在於能夠點石成金。我寧可相信，叔叔不僅在我的夢裡出現，也真的是個活生生的親人，與我共乘一匹永不停止的旋轉木馬，直到歡樂喜悅的音樂終了。叔叔是可以輕易走進別人夢裡的那種人，讓你分辨不出其中的虛實。

叔叔跟我說過一個故事：有一個樵夫在森林裡面遺失他的斧頭，怎麼樣都找不到，樵夫很傷心。一個星期之後，樵夫買了一把新斧頭，把森林裡的樹全部砍倒，終於找到他的舊斧頭。

那我是不是應該去找來一個新的叔叔，請他幫我找回舊的叔叔呢？

媽說：「妳有兩個姑姑，但是沒有叔叔。」

我搬出家裡的老照片，想要把叔叔找出來，但是幾十本相簿裡，竟然沒有任何叔叔的照片，兩個美麗的姑姑穿著她們年輕時代最時髦的服裝，像高貴的孔雀一樣，從這張照片走到下一張，然後再到另一張⋯⋯。爸和他的登山隊夥伴、阿嬤和五個姨婆、媽和她的新娘禮服、陌生的臉孔（大概是親戚之類的）和陌生的房間⋯⋯。

同樣的人物，在不同的時空場景反覆出現，照片由黑白變成彩色，由小孩變成大人變成長輩，背景由晴天變成陰天。

叔叔呢？叔叔不在照片裡。叔叔討厭照相？

不過，有一張照片引起我的注意。那是在一個類似囍宴的露天場合，有幾張鋪著大紅桌巾的圓桌，桌上沒有擺放任何東西，照片裡的幾個人看起來很小，點綴性地散布在桌子旁邊，但是都背對著鏡頭。當中有一個站立的瘦小男人，潔白的襯衫順著筆直的背脊，接連到長長的灰色褲管，貼身得幾乎要滲進皮肉裡去，坐在男人身旁，長髮及肩、體態優雅嫻靜的女人，怎麼看都應該是媽。我直覺的認定，那個男人是叔叔。雖然他再正常不過。

我拿著照片去問媽：那個男人究竟是誰？媽說：「喔，大概是我以前的朋友吧。」「什麼樣的朋友？」「唔。」媽沒有給我正面的答覆，就推說要出門了。

不曉得。要證明叔叔曾經在我的世界裡存在，真的很困難哪。

小學二年級的運動會，爸媽沒有來。他們原本說要來的，但是沒有。運動會結束之後，我看著同學的父母把他們一一接走，自己卻等不到爸媽，心裡很難受，就坐在教室裡哭了。哭了很久很久，才決定一個人慢慢走回家。在天橋上，我像平常一樣，走到天橋三分之二的位置，踮起腳尖攀著護欄往下望，想看看下面遲緩行進的車輛，還有被車流壓縮成浪花狀的行道樹，但是，我第一眼就瞥見叔叔站在不遠轉角處的電話亭裡，我趕緊跑下樓梯，怯怯的走向電話亭，叔叔隔著厚厚的玻璃跟我招招手，又開始講電話，他戴著一頂我沒有看過的黑色寬邊帽，帽沿壓得極低，我幾乎看不到他的眼睛。

我站在電話亭外面，直楞楞地望著叔叔。叔叔手邊是一本又大又厚的電話號碼簿，密密麻麻的人名和電話號碼覆蓋過一頁又一頁米黃色的薄紙，不知道是因為光線的關係還是怎麼樣，我感覺到那一排排的名字和阿拉伯數字橫越過紙頁，刻刺在叔叔的脖子、衣褲以及手背上。

叔叔掛斷電話的時候，我還是站在那裡，像隻柔弱受驚的小動物。

叔叔開始撕電話簿，從第一頁起，一張一張地撕，速度非常平穩而且緩慢，我似乎聽到他這麼跟我說著：「回家吧，乖。」於是，有一股力量，催使我移動腳步，拐進鄰近的一條巷子裡。毫不遲疑地。

那天的天氣炎熱異常，大街小巷瀰漫著一股刺鼻的焦乾的味道。

後來的幾個月，叔叔都沒有回家。

我實在不記得叔叔不在家的那段日子，我是否有詢問爸媽關於叔叔的去向，是否有惦念叔叔，也不記得那段日子我究竟作了些什麼事，那一整截的記憶彷彿被掏空了，剩下底部一些零星的、隨時都會蒸發不見的小泡沫。

叔叔是啟動回憶系統的那個重要按鈕，沒有任何一個按鈕像他一樣準確，又絲毫不出差錯。所以，我的回憶因他的在場而啟動，因他的不在場而關閉。

在我升上小學三年級的某一天傍晚，叔叔回來了。

叔叔打開門走進來的時候，我和妹妹正在為已經失蹤好幾天的電視遙控器而煩惱著，電視螢光幕上「三枝雨傘標」的廣告不知道循環播過幾次了，我們還是沒有找到。我們不願意移動腳步到電視機前轉台，只是不停在沙發前後東張西望。然後我們發現叔叔若無其事地走進來，這次戴的是正中央印著虎頭的鼠灰色鴨舌帽，兩手空空，什麼也沒說，就從褲袋裡掏出那個我和妹妹遍尋不著的遙控器，柔和的把它遞給我，就走進廚房了。

我彷彿聽到叔叔跟媽在廚房交談的聲音，媽在笑。

前陣子，我跟妹妹提起這件事，妹妹說：「遙控器是被小花叼走的，後來我們好像在冰箱下面還是哪裡找到的吧。」我說：「不是，不是，是叔叔拿給我們的，妳記得嗎？」妹妹說：「哪來的叔叔？」

我說不出話來。

自從叔叔回來之後，家裡就比以前更常丟掉東西。妹妹的作文簿、媽的錢包、阿嬤的高血壓藥丸、爸的摩托車鑰匙、我新配的眼鏡……家裡的每個人遺失各式各樣的東西，但是，都能夠在隔天迅速找到。每次，都是叔叔不經意的把這些東西遞給我的。我把它們交還給其他人的時候，大家都認為是我在惡作劇。有一次，當我把媽的一封泛黃的舊信交給她（說不定是年輕時代的情書），她氣得差點要用手上的衣架打我。

不知道為什麼，我總是無法跟每個人說：「是叔叔找到它們的。叔叔遞給我的。」我總是被當成愛搗蛋的小女孩，默默受罰。一個禮拜之後，我忍不住告訴叔叔，我不要再做這件事了，叔叔只是點點頭，說：「沒關係。」然後繼續玩他的拼圖。就是在那天，我從叔叔那兒得到兩排玩具小劍。後來，家裡再沒有人丟掉東西。

寒假的時候，隔壁鄰居的小孩在討論一件讓人顫慄的事。

小瑛姊姊、胖胖和他弟弟、還有我，常常會在我們各自家裡樓下，聽到樓上有奇怪的聲音（我們都住在木造的兩層房子裡），「砰砰，砰。」「砰砰。」像是有人在上面輕輕跳躍，但偏偏樓上沒有人，問了一下，隔壁也沒有人在跳。通常發生在白天，大人們外出上班的時候。等到嚇得跑出去找其他小孩來聽，聲音就消失了。我們非常恐懼，加上那時候殭屍的電影剛剛流行起來，我們懷疑是不是殭屍在作怪。

不過就是沒有人膽敢到樓上一探究竟。

我跟叔叔說。

叔叔要我別怕。

「是貓。」叔叔溫柔地說。我們坐在廚房裡，恐怖的「砰砰」聲恰恰響起，我迅速躲到叔叔身後。

他牽起我的手，像大大的銅鉤扣住小小的環，帶我走上樓梯。「砰，砰」的聲音，在我們上樓梯的剎那，倏然停止，隨即有一種細小的聲響在空氣裡爆裂（這讓我聯想到平時和鄰居小孩玩的捉捕蒼蠅的遊戲，我們把蒼蠅引進塑膠袋裡，然後用手緊抓著袋口，任憑蒼蠅在袋裡撲翅搏擊，發出陣陣嗡嗡的魔音）。

叔叔示意我要踮起腳尖走，他在前，我在後，盡量不讓短窄的木梯發出聲音，我們像是走在一條滿是碎玻璃的狹小通道，艷陽當空，兩旁的熱帶植物在風裡不停竄進，我們保持我們的靜謐。

抵達樓梯頂端時，叔叔忽然止住不動，轉身對我露出微笑。

他領著我把二樓的前後兩個房間連同種花的陽台，全部巡視一遍，可是什麼都沒有發現。後來，再一次經過媽的梳妝台時，叔叔指著大鏡子上兩個灰濛濛的小巧印子（輕輕一吹，就會像塵土一樣消散開來似的），說：「真的是貓。貓來過。」

叔叔遞給我一條紫紅色的細繩，要我把它繫在小熊波波的頸間，打一個漂亮的蝴蝶結，並且以後不再拿下來。

「這樣，貓就不會來了。」

我一直遵守著這個辦法，直到小熊波波在搬家的時候無故失蹤。從此以後，我和鄰居的孩子們都未再聽過來自樓上的奇怪聲響。

一個人在房子裡獨處時，也就不再感到害怕。

如果有人問我：妳的叔叔和妳們全家人一起吃飯嗎？妳的爸媽和叔叔的互動，當時是怎麼樣呢？為什麼後來他們會不記得這個人的存在？妳的叔叔是無業遊民，沒有他的工作嗎？那我肯定沒有辦法回答。因為就算我再怎麼努力回想，這些重要的細節，就像雲霧一樣，無聲無息的消散在空中。我只記得我和叔叔之間發生的一些事，當然，也不是全部，說不定有更多的事，我忘記了。

彷彿是連綿不斷的夢境，醒過來的時候，永遠來不及把所有的夢境都想過或是說過一遍。叔叔徹底走遠的那一天，是很平常的一個日子。

家裡的電視壞了，一個男人來修理電視。他打開工具箱，把電視的外殼拆開又裝上，裝上又拆開，如此反覆做了幾次，然後稍微挪動一下電視擺放的位置，電視就修好了。張小燕的頭冒出來，像某種魚類突然露出水面，嘴巴一張一合的，氣泡般擁擠的音樂響起。

當爸亮出打火機，請男人抽根菸的時候，叔叔突然在腋下夾著那盒他心愛的拼圖，從廚房走出來，坐在我的旁邊。他促狹地打開男人原本已經收拾妥當的工具箱，對我展示裡面的每一種工具，並解說它們的用途，我從來沒有聽過叔叔用那樣急促的語調跟我說話（他平常說話總是溫溫吞吞的，像在剔牙齒）。後來解說完畢，他附在我的耳邊說：「妳可以拿走兩隻。」於是，我趁男人不注意時，悄悄拿了一隻老虎鉗和一隻扳手（這兩樣東西，同樣也在搬家時弄丟了）。我看見叔叔把他的拼圖放進男人的工具箱裡，接著熟練地把工具箱鎖上。

我清楚得看見拼圖裡的那棵光禿禿的樹，浮現在工具箱的箱蓋表面上。它不斷地滋長出繁茂的枝葉，甚至開出一朵一朵小小的花來，花掉落下來，聚合成一片汪洋大海，像激昂的樂隊鼓聲，那樣洶湧澎湃。

叔叔跟著男人走了。

於是，從那時候起，我就明白他不會再回來了。

叔叔偷偷爬出我童年的巢穴，我躲在巢穴裡，不斷找尋他的氣味。但是，泥土像是被換過的，黑暗像是被換過的，空氣像是被換過的，除此之外，什麼也不剩。

我只能靜靜躲著，等待，一切再換回來。

作者簡介

林巧鄉，一九八〇年生，嘉義人。現就讀東華大學中文系四年級，以後要唸東華創英所文學創作組。最大的願望是：在花蓮慢慢變老。

關於創作

小說，一向都不是我致力創作的文類，靈光乍現的時候，我習慣寫詩。但就我有限的寫小說的經驗來說，寫小說是很愉快的，常常是把很多什麼編進一個什麼，或是把一個什麼編進很多什麼，來回編織一種速度感，生命的速度感。

那種書寫的方式，甚至像在保存一個久遠的秘密。

我的叔叔，仍然下落不明。但我猜測，他會很樂意看見我為他寫了這篇小說。

迷路的魚群

廖冠博

風和日麗的一天，盧衡開著他的吉普車在東海岸馳騁，打算從台北走北宜公路接蘇花公路直達花蓮，目的地是花蓮外海的Ｋ島，參加明天在島上舉行的一場研討會。

前幾天盧衡接到一通電話，電話裡一股熱切的聲音，說他是Ｋ島的鄉長，常常在電視上看到盧衡，希望能邀請他來Ｋ島演講。鄉長並且跟盧衡說明邀請他的理由——Ｋ島的居民長期以捕魚為業，這幾年來政府一直鼓勵民間的捕魚業能朝經濟效益較高的觀光休閒漁業轉型，所以編列了很多的預算讓地方的鄉鎮市公所申請，Ｋ島附近充沛的自然資源被各方一致看好具有高度的發展潛力，而且當地的漁民也主動提出想要改變的聲音，所以他想定期邀請一

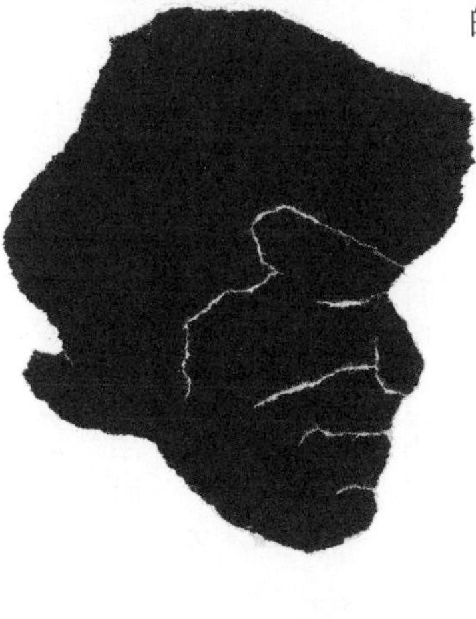

些產、官、學界的學者專家來和當地的漁民座談，盧衡此行的講題是「K島珍貴的海洋環境資源」。

沿途駕駛的途中，盧衡喜歡把車窗放下來，讓海風隨著車子前進的速度送進車內，盧衡左手肘放在車門上，只用右手駕駛，車子的後視鏡映照出盧衡的臉龐和上半身，他穿了一件綠色的素襯衫，衣領最上緣的扣子沒扣，袖口捲到手肘的部位。盧衡的個性不喜歡拘謹，通常襯衫都不紮，下半身也都是那幾件牛仔褲換來換去。

海風把盧衡的頭髮吹得有點亂，雖已年近四十，可是天生一副娃娃臉，身材也沒有像一般的中年人那般走樣變形，所以在學校上課的時候，常有學生誤以為他是哪位不用功的研究生學長來補修學分。

叭——

催命似的聲音從後方響起，盧衡嚇得差點從駕駛座上彈起來。一輛砂石車在車子的後方猛按喇叭，毫無預警也毫不客氣地從旁邊超了過去，盧衡感到一陣忿怒。

「媽的！路是你家開的啊！」盧衡加足了油門，就在四〇〇〇CC引擎的強力伴奏下再次把砂石車超過，一路揚長而去。

抵達花蓮的時候比預期中要來得早，隨便找家店打發了午餐，盧衡衡量一下前往K島船隻的開船時間，決定開著車到處逛逛，就在市區亂繞一陣子後，覺得沒有什麼意思，想想還是到海邊走走，於是按著路牌指示的方向朝海邊駛去。

道路從原本的四線道縮成兩線道，兩旁的住家慢慢變得愈來愈少，繞過幾個蜿蜒的坡道之後看到海了，盧衡踩油門的那隻腳又不自覺地使上了力。

忽然間，他聞到一股濃烈的惡臭，那股惡臭順著鼻腔鑽進了腦子，盧衡覺得一陣噁心、想吐。但是他沒有選擇掉頭離開或快速通過，長時間的職業習慣反而讓他一心想找出惡臭的發源地，他朝著惡臭傳來的方向迎面開去。氣味愈濃就表示愈接近目標，當車子開到大華紙漿廠的門口，盧衡終於忍不住關上了車窗。

（幾公里外就聞到紙漿場發出的惡臭，而且距離出海口那麼近，當初環評到底是怎麼過的？）盧衡心想。

盧衡抄下紙漿廠的名字和地址，打算回台北好好追查這件事，又覺得不大放心，決定到出海口看一看。

花蓮溪悠悠的向北流過花東縱谷，沿途匯集了馬鞍、萬里、壽豐、木瓜溪等支流，繞過海岸山脈的頂端出海，稱為花蓮溪出海口。

盧衡把車子停在防波堤上，隔著花蓮溪與花蓮市遙遙相對，正後方紙漿廠的煙囪正排出沖天的白煙。防波堤沿著溪的兩岸搭建，有階梯可以下去，盧衡從後車廂拿出拍照用的裝備，打算下去收集些證據。

遠遠地，似乎看到一名原住民婦女在捕魚，引起了盧衡的注意。

「收穫如何？有沒有捕到大魚？」盧衡走近好奇的問。

原住民婦女把魚網一節一節收回來，臉上的表情卻是皺得愈來愈難看，漁網裡沒有大魚，全是手指長度的小魚。

「都沒有大魚了，自從那個東西來了以後。」她用手指了指紙漿廠的方向。

原住民婦女很激動地想跟盧衡表達一些想法。

「以前……魚很大……。」她用雙手比了個大小。

「現在……嗯……很臭。」一手捏住鼻子，一手做勢搧了搧。

「只剩下小魚……。」

每一句話都帶有原住民獨特的尾音，她拉拉雜雜地說了很多，可是盧衡聽不懂她斷斷續續的邏輯，只能從她明顯的肢體動作猜出一些意思。她生氣地把收回來的漁網抖了抖，小魚通通被抖落到地下，頭也不回地走了。

下午溫暖的陽光撒在原住民婦女的身上，在她的身後拉出一抹背影，不偏不倚的照在小魚身上，小魚在影子裡掙扎翻跳著。這回輪到盧衡皺眉了，他把小魚掙扎跳動的一幕連同那個氣憤的影子拍下來後，便彎下身去拾起一條條還活跳跳的小魚放回溪中，數量雖然不多，可是跳動的小魚像是上了油，很難牢牢的抓穩，小魚常常從他的手掌、指縫中逃脫。

一條特別強壯的小魚從盧衡的手中彈起，扭動的魚身甩出了一些水花，濺到盧衡的臉上，盧衡反射性地閉上了眼，小魚碰到了盧衡的鼻頭。黑暗中，盧衡嗅到一股腥味，鼻頭和臉上同時感到一陣涼意；像一股電流竄到了腳邊，順著那股涼意，依稀又回到童年的某個夏天，雙腳泡在海水裡的那股沁涼……。

那天陽光的熱度大概和今天差不了多少，魚就在盧衡的腳邊游來游去，盧衡的目標是一隻看起來正在休息的魚，彎下腰打算不動聲色的趨近它，就在那只差那麼一點點的同時，魚忽然動了起來，而且竄逃的速度遠超過想像，盧衡一急，竟也不顧一切，像個棒球選手飛撲接球的動作，整個人栽進海裡，可惜魚仍然逃出他的手掌心。

「咳、咳、咳——」盧衡站起身，咳了好幾口水，鼻腔一陣酸麻，嘴巴覺得鹹鹹的，感覺很難受。

父親離他有一段距離正在撒網，盧衡最喜歡注視父親拋網的瞬間，彷彿捕魚就是那麼容易的一件事。

漁網被前端的重錘帶出一個漂亮的弧度，過一陣子，前端的重錘分了開來，漁網被張成一個自然的角度，接著因為重力的關係，使得漁網下墜的形狀像飛禽所伸出去的爪，看準目標，刷的一聲，狠狠地撲向海面。

父親拋網的身影曾經是盧衡追逐的目標，那份靈巧的力道、漂亮的弧度、那隻爪、還有落海的那股狠勁。

長大後，盧衡以第一志願考進了台灣最高學府的海洋生物系，研究他最喜歡的海洋，盧衡的成績相當不錯，一路拿獎學金念到博士學位，後來成為國內首屈一指的海洋生態學家。

就在盧衡念大學的期間，家裡的經濟出現了狀況。有一次盧衡在房間裡念書的時候，聽到父親跟幾位長輩在客廳商議事情，打算聯合漁民存錢買油、買大型的漁船到遠洋去捕魚。

盧衡假裝要去廚房喝水經過客廳，只聽到父親喃喃地說了一句：「啊魚是攏死去叨位流浪，不願轉厝。」責備、調侃的語氣中略有一些傷感。

正陷溺在回憶中，忽然，另一條小魚從盧衡的手掌中翻跳出去，他驚覺手中一條魚也沒有了，思緒才被拉回現實。

花了好一段時間，總算把小魚都放回溪裡。

盧衡相當不解原住民婦女的想法，同樣的一個動作，只要向前走兩步，把小魚抖落回溪裡，以後不就有大魚了嗎？雖然紙漿廠極有可能是造成魚群消失的主因，可是原住民婦女這種本末倒置的方式，不是也對環境造成了傷害嗎？轉念又想，或許這就是她抗議的方式吧！紙漿廠要蓋哪？大概也不會通知他們，即使知道了，這些人連表達都有問題了，又有什麼能力去阻止？

於是，盧衡自己在心裡下了結論：「沒有知識就無法發出聲音，只能等著任人宰割。」

就像他常常要求學生要「善盡身為知識份子的義務」；一如他時常掛在嘴邊的一句話——「知識份子，該說的話就應該大聲說出來。」

盧衡的聽眾從政府高層到幼稚園小朋友都有，他自己愈來愈喜歡對年紀小的孩子演講，因為他覺得只有這些小朋友會真的把他的話給聽進去，就連他自己班上的學生很多人都對他感到不以為然，覺得他太愛說教，過於理想化而不切實際。

幾個月以前發生的油輪漏油事件，造成墾丁龍坑沿海生態區嚴重的破壞，為了這件事，盧衡上了不知道幾次的電視，連他遠在美國攻讀博士學位的學生都寫信回來問他：

「老師，怎麼我才出去兩、三年，龍坑就沒了！」

盧衡常感覺為什麼這塊土地上的人都不肯把眼光放遠一點，這些珍貴的自然資源一旦消耗殆盡，就再也回不來了，難道真的只有少數的知識份子才有這些感知嗎？每當他站出來大聲疾呼的同時，私底下總有一股深深的孤寂感，但他總以「先行者總是孤單的」這句話自勉。

因為這樣的緣故，盧衡直來直往的個性被很多單位列為不受歡迎的人物。這次在K島鄉公所的座談會可能也不例外。

座談會差不多快開始了，聽眾陸陸續續進入會場，整個場面漸漸熱絡了起來，島上的人大多放下手邊的工作來聽演講。演講者共有兩位，坐在會場的正前方，每個人前面都有架好的麥克風，上方的紅布條是任何研討會都不能免俗的東西，上面寫著大大的幾個字：「邁向美好的未來——K島漁業轉型研討會」。

首先報告的是藍海休閒娛樂集團的總經理，陳志峰。

他一身西裝，穿得十分體面，由於演講所需的設備鄉公所無法提供，所以自己帶了一台單槍投影機，搭配筆記型電腦使用，可以把電腦裡的檔案直接投影出來。他拿出他的手機，用了一個特別的雙接頭，一端接手機的底部，一端連到筆記型電腦上，必要的時候，也可以直接上網，就像在對公司的客戶做簡報一樣，任何人看了他的架勢和這些設備，都會先在心裡信了他三分。

演講的大意是說：「花蓮的K島跟鄰近的L島很像，無論是在外觀或所擁有的自然資源。L島的居民先前也是以漁業為主，現在L島發展成國人最喜歡去觀光的地點，L島上的居民也由單純的捕魚業轉而經營起潛水、旅館、小吃業等經濟價值較高的行業，K島之所以這麼被各方看好，一部分的原因也是因為眼前有一個這麼成功的案例。」

陳志峰充分地發揮出他的專業，他濤濤不絕地講述L島成功的故事，十分有自信地建議K島的人可以參考L島的發展模式，這是最快且最穩當的方法，而他們公司在觀光和休閒規劃方面有非常豐富的經驗，L島有很多的規劃方案都是他們公司設計的，如果K島有需要的話，也可以接受委託，代為規劃。

盧衡非常不喜歡身旁這位仁兄的報告，心想又是一名短視的生意人，待會可能又要發作。

投影片裡有一項數據顯示，L島人民的平均所得正逐年上升中，現在已經成長為只靠捕魚時期的四、五倍，台下的漁民看得興奮不已，紛紛詢問身旁的人：

「ㄟ，真的還假的？」

「看起來親像是真的。」

「那按呢阮嘛麥來賺錢。」

一時之間，台下聽眾的情緒像是著了火一樣，每個人都對K島的未來感覺到無限希望。

中場休息過後，輪到了盧衡演講，底下熱切的眼光不變，想知道眼前的這位講者，又將會給他們帶來怎麼樣的驚喜。

盧衡準備了幾百張的幻燈片，大多都是他這十幾年來辛苦拍攝的作品，原本的打算是一邊放映幻燈片一邊進行講解，中場休息的時候，盧衡又加了一些幻燈片，更換了報告的順序。

放幻燈片需要很暗的環境，會場的燈全部關掉以後，台下人的臉變得模糊不清，只看得見大概的輪廓，投影機前端投射出來的光錐形成了一個空間獨立於黑暗之外，灰塵在光錐裡雜亂地飛舞，光錐裡外是兩個不同的世界，盧衡拍了拍手上的麥克風，確定有聲音之後，開始了他的演講。

「台下的各位鄉親父老大家好，很高興今天有這個榮幸能來到這個美麗島上，其實我對K島並不陌生，我在念大學的時候就來過K島做這附近海域生態的調查報告，來的時候剛好是銀烏賊孵化的季節，印象非常深刻，拍下了這張照片。」

盧衡展示了第一張幻燈片，大批的烏賊幼苗在海裡悠游，寂靜的內太空像是下了一場雪。

「這是小管嘛，這阮甲就多。」

生意頭腦靈光的陳志峰馬上浮現出一個想法，他在筆記型電腦上開了一個檔案，開頭輸入「海之雪——K島旅遊方案，適合季節：O月到O月，可以搭配的活動有海釣、潛水……」心裡愈想愈覺得這個旅遊主題不錯，一定可以吸引很多觀光客。

啪擦一聲，盧衡忽然換了一張幻燈片，海裡面沒有烏賊的蹤影。

「這是前幾年來拍攝的照片，已經到了孵化的季節，可是海裡面一點動靜也沒有。」

「對噢，這幾年攏沒什麼看到。」

「SHIT!」黑暗的會場中冒出一句小小聲不協調的英文，陳志峰把寫到一半的企劃案按Delete鍵刪除掉，心裡不大舒服，有種被設計的感覺。

啪擦，畫面裡，盧衡抱著一隻大型的豆腐鯊在海裡游泳。

「這張也是在這附近的海域拍到的，這種大魚的學名叫做鯨鯊，俗稱豆腐鯊、大憨鯊，是世界上體型最大的軟骨魚類，牠的個性非常的溫馴善良，潛水者常常喜歡抱著牠，跟牠一起玩。」

陳志峰的眼睛又為之一亮，馬上迸生另一個新的想法。

「這不歹賺，那抓到一隻大隻的，歸個月攏免出海。」

盧衡愣了一下，不太能接受剛剛聽到的那句話，沉默不語了一會，台下的人對於忽然中斷的演講感到奇怪。

啪擦，一隻小型的豆腐鯊被捕獲上岸。

「全世界只有台灣人吃豆腐鯊，這隻還不滿一歲……。」盧衡的聲音愈來愈小，又一次陷入沉默之中，回想起先前遇到的原住民婦女，以及小魚掙扎跳動的那一幕。

「……我覺得如果K島真的想發展觀光，永續的觀念是很重要的，各位都是靠海吃飯的人，這裡真的是得天獨厚，整座島被珊瑚礁所包圍，非常適合潛水，周圍又是極優良的漁場，吸引人的地方也就在這裡，我很懷疑大量的觀光客湧入以後，有沒有辦法繼續維持這樣得天獨厚的環境。先前陳先生一直提到L島可以做為K島發展的參考模式，可是在我的觀察裡，L島其實是一個快速被開發但是沒有做好妥善長遠規劃的例子。」

啪擦，畫面裡出現一隻模樣很可愛的寄居蟹，仔細一看，寄居蟹背上揹的不是貝殼，而是一只破碎的玻璃瓶口。

啪擦，珊瑚礁上有潛水者刻上去的簽名。

啪擦，海底垃圾的特寫。

啪擦，壯麗的珊瑚礁美景，可是有局部的珊瑚礁已經死亡，呈現白化的現象。

「這幾張照片都是在L島上拍到的，這些人都在吃自己的老本，我不相信這樣下去還能風光多久，所以希望K島上的人能多一點遠見，不要只看眼前的利益，還有我拜託各位，不要再抓豆腐鯊，已經剩沒幾隻了……。」說著說著，就好像在對自己的學生上課一樣。

如果此刻燈是亮的，台下的表情一定很精彩。

「ㄟ，伊剛才是底講啥？」

「幹，伊叫咱莫賺錢，恁爸才不會甩爛伊，轉去我就去抓一隻大隻的。」

「來走，來走，去做工作較實在！」有幾個模糊的身影往門口方向移動。

聽到這些聲音，盧衡心裡也很難過，但是他總堅持自己的理念——知識份子，該說的話就應該大聲說出來。

演講結束，燈一打開，人已走了大半，連原本熱切邀請他來演講的鄉長，此刻的表情也不太好看，本想好好招待盧衡的念頭，就此打住。

傍晚時分，盧衡背著行囊，獨自沿著馬路要走去搭船，根據鄉長的說法，這條馬路是為了要因應日漸增加的觀光客而新完工的環島道路，觀光客可以在一上岸的地方就租到機車，方便他們在島上的行動。

一陣風吹來，路旁許多的飲料罐滾動了起來，碰撞地面敲出清脆的聲響，有個小東西似乎不受風勢的影響，逕自往反方向前進。仔細一看，原來是一隻螃蟹在馬路上橫行。

望著這隻螃蟹，牠大大的一雙螯在空中不停擺動示威，突起的眼睛瞪得直直的，一點也不怕眼前的這位龐然大物，可愛的模樣不禁讓盧衡蹲下身，拿起相機為牠拍了一張照片。

盧衡感到地面一陣微微振動；這股振動慢慢地增強，後方傳來一群年輕人的嬉鬧聲，回頭一看，一大群的摩托車浩浩蕩蕩的衝過來，盧衡深怕螃蟹被車子輾死，趕緊把牠捧在手上，螃蟹哪裡知道盧衡的好意，用它的大螯狠狠地往盧衡的手指上夾下去。

手上一痛，盧衡趕緊鬆手，螃蟹落到地面，飛也似地橫過馬路，鑽進路旁的草叢裡不見蹤影。

「笨傢伙，我是在救你耶！」盧衡搖一搖被夾傷的那隻手指頭，像個小孩子一樣對那隻螃蟹發了一頓脾氣，想發洩一下這一、兩天所累積的不愉快，大隊人馬從盧衡身旁經過，目送這些人的背影離開，盧衡心裡有股說不出來的無力感。

當太陽已幾近沒入海平面之際，金黃色的海面製造出不同的浪高，由遠而近的傳到一艘小船，把小船不停地推高再放下。小船慢慢靠近K島，船身不停的發出匡啷匡啷的鐵甲聲，並且把海面切割出

V字型的航道，兩條線遠遠的拖拽到天邊。

傍晚也是渡船口最熱鬧的時間，一艘艘載滿漁貨的漁船陸續返航，一艘挨著一艘排在岸邊等待卸貨，盧衡在等待返航船隻的期間，發覺K島上的漁民竟然都使用三層網和底拖網在捕魚。當他一面看著回家的船已慢慢接近岸邊，一面心想：這是他對這K島最後的忠告，他走近一位漁民的身旁對他說：

「阿伯啊！如果你再繼續用這種魚網捕魚的話，以後你的兒子就沒有魚可以捕了。」盧衡心裡頭正在盤算接下來要怎麼用最簡單的食物鏈觀念來跟他解釋。

漁夫似乎是假裝沒有聽到，依然低著頭整理漁網，又似乎有些話不吐不快，他放下手邊的工作，抬頭看了看盧衡，冷冷地回了一句：

「莫給恁爸帶衰，阮後生要去台北讀博士，和你同款。」

一時之間，盧衡竟無言以對。此時，回家的船已經靠岸，被螃蟹夾傷的那隻手指，似乎又開始隱隱作痛。

作者簡介

廖冠博，台灣台北縣人。現就讀於花蓮東華大學物理系，熱愛文學，常鬼混至創英所修課，課餘時創作。

關於創作

小說的構成條件很多，所有的條件都湊齊了卻不一定是一篇好小說。

我喜歡聽別人說故事，也偏好故事性強的小說，我深信沒有故事是可以完全虛構出來的，一定摻雜了不同程度的真實性，也許當中正隱藏了某些人所需要的提示或答案。小說是要能引起共鳴的故事，至少對我而言是如此認定它；而好的小說也一定能引起共鳴，這點是絕對錯不了的。

她說

黃千芳

＊

大白貓驕傲得舉起尾巴，掉頭走去，牠逕自抖動全身的毛，壓根兒不聽從我的使喚。套房的氣窗，正好透進兩三方格斜斜的太陽，如同舞臺的聚光燈，毛絮和皮屑在燈下翻飛了一陣，隨後就流離到陰影處、消化到空氣中了，讓人摸不著、也看不著。

是換季了，我撕下一片土黃色的封箱膠帶，準備黏黏地板角落的貓毛，因為鼻子過敏的關係，我對於清潔十分注意，或許吧，已經到達某種潔癖的境界了。仔細一看，磁磚上竟然就有幾根頭髮，我想

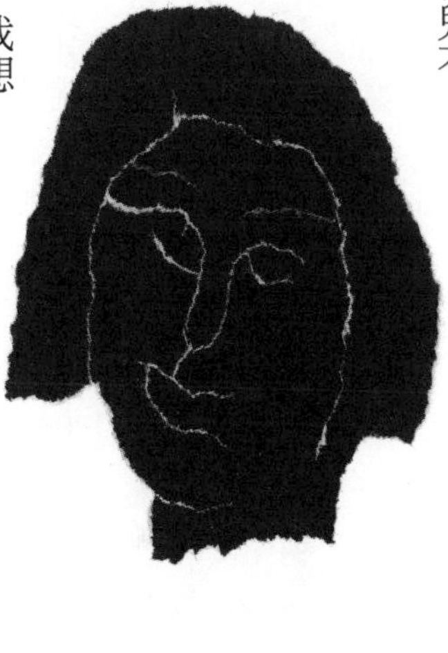

一不做二不休，乾脆就在房裡地毯式的搜索起來了。

白貓好奇地看我，牠瞇了瞇眼，好！那我不打擾你工作囉，牠縱身就跳上我的沙發床去了。我一個弓箭步向前制止，卻因此打翻桌上的廣告顏料，成疊的作品就這樣給毀了。喝！這下可有得清，碰到這種事情，任誰都會抓狂得跺腳，但除了跺腳我還能怎麼辦呢？

白貓依舊瞇著眼，遠遠的看我像無頭蒼蠅一般手忙腳亂，遠遠的，冷冷的，喵喵的，彷彿正說著：

妳，還會畫我嗎？

妳會畫我嗎？正在素描的大姊姊。在包容以內，在想像以外，妳會把我建構成什麼樣子呢？每每妳展開畫紙，一切均是從零開始。我會是妳的主題？還是背景？是主角吧？還是妳揉掉的不要的畫壞的？妳是整幅畫的天，妳哈口氣我就散了，在妳落筆以前，我在妳的猶豫中徘徊輪迴、等待投胎，沒有形象，在期待妳的佈局安排。

而妳，會畫我嗎？妳會畫我嗎？畫素描的大姊姊？

我對白貓搖搖頭，貓懂嗎？我對白貓點點頭，貓會懂嗎？這隻貓不會驚訝我在整理房間，我在打包，對貓而言，神經神經的我，大概我天天都在整理房間，整理比較麻煩，要丟不丟的，丟掉會捨不得，可是丟掉，丟掉也是最簡單。

列車移動了，地下列車站的上層，是一條露天的商店街，很背的我正全力追回那幾張亂飛的人像素描樣本，污泥和腳印才是此刻我最大噩夢，今天，是一個遊客仍然不少的壞天氣，管不了畫架了，我聽到我的畫架已經應聲刮倒，腳步腳步，拜託拜託，眼看前面就有一腳灰鞋來了，天呀！不要呀！我忍不住就尖叫起來了，淺灰色娃娃鞋回神過來，免去悲劇，她幫我撿起來畫紙，謝謝！她轉身要走了，她的灰鞋頓了一下，她扶起我的畫架，謝謝！

她說，她正在等人，她的淺灰色娃娃鞋，鞋頭是更灰色的，襪子也被污泥濺成了斑斑。

列車繼續前進，從地下的軌道來到地面上來，那一天，我給了她地址後的第一個星期六。

「妳住的地方好陡耶！好討厭快不能騎車了。」她說。

「可是妳畫得好好喔！」她說。

「會嗎？就混口飯吃吧，要不然我連房租都繳不出來了！」

「可以嗎？那妳可以畫我嗎？」她拋出魚鉤似的問號。我記得那天溼悶悶的空氣，那是一個沒吃早餐的上午，因為凌晨才睡爬不起來；是個馬拉松式瞎眼的上午，因為讓我畢不了業的報告，趕工趕不完。我相信我的靈感，我知道她終將會來，就像一切和未知的一切，都事先排練好了一般，她問了幾次路人，她會拐進來我巷子的彎，我會閉上眼睛，把一切交給未來，咿呀咿呀地把門打開⋯⋯

一叢姬百合就湊了過來。

我問：「為什麼呀？」

「因為慶祝今天不是週休妳會在家。」

「而且⋯⋯」她的脖子繞過我的阻攔，環顧我租賃的小套房。「而且，花粉會弄髒妳白色的桌巾、衣服，那很難洗的，黃黃的用漂白劑也洗不掉。」

「是的，的確我很怕髒，那妳為什麼要送我這個呢？」我說。

「這就是為什麼我要摘掉百合的雄蕊呀！」「而且呀！妳說妳的鼻子容易過敏的。」她真的很細心，好像花粉隨時會要我的命，我抓一抓頭，花蕊有摘沒摘暫時看起來是沒什麼差別吧。倒是在她走後，我捧著閹掉的百合，傷了一夜的腦筋，因為我翻遍家裡，也找不到一個可以撐住這樣龐大花莖的容器，龐大卻又脆弱的讓人不放心，百合花突如其來的加入，對我來說好像空降下來一個嬰兒，總不能坐視不管吧，搞不好在半夜真的會啼哭起來呢！我那時候是這樣想的。

是的，我要哭了唷！如果大姐姐真的不理我的話，我就變成棄嬰了，暗夜的深巷好黑好可怕，我都不敢睜開眼睛了，妳不理我，我會很傷心、很傷心的，我只要微微溫的牛奶還有一條能裹身的大毛巾，就這樣而已嘛，真的只有這樣而已喔，大白貓無厘頭的挨到我腳邊磨蹭撒嬌，妳不要不理人嘛！牠還喵喵的叫了兩聲。

*

列車再繼續前進，我的座位恰好是面對目的地相反的方向，今天人擠，我又有兩手滿滿的行李，對。我已經走投無路了。要不是情非得已，我是不會挑這個位置坐的，我會頭暈，因為我總會看見車窗外的每個招牌，都貼著我的名字，緝捕我的，招牌們一個一個往後退，可是都有黃色的眼睛，都過去了、都會過去的，我不要看外面，我用風衣矇住我的臉。腐爛還是會繼續腐爛，腐爛了，也聽不懂說再見，我要走了，在臭味尚未散發以前，我不要我真的不想要了！是的，的確我很怕髒，所以我一直都有拖地，拖地拖地，嗯…的確我怕味道，對！所以我求妳不要讓我聞到。對不起！我說對不起可以了吧？對不起對不起對不起是我對不起妳……。

我跪在地板上。

白貓匡啷地弄翻一地的貓食，我瞪著貓還有眼前的杯盤狼藉。

那隻貓徘徊打量著我在水槽解凍的魚排，久久不肯離開。「去！去！」我離貓遠遠的，伸長著手試著想把貓撥開，看見剛剛才拖乾淨的地板又變得髒亂滿地，我的神經彷彿正被千億隻螞蟻咬著一般。白貓似乎存心跟我作對，牠露出不客氣的指甲，狠狠在我的手臂劃下兩條紅色的警告。

「嘿！不可以唷！」她過來一手把牠鉗住，敲敲貓咪的小腦袋瓜。

大白貓跟著她已經有好一段時間了，和男友分手後每回她來找我，白貓也就跟過來小住，後來連小碗和貓砂也就在我這多放一副了。

「想當初，牠原本也是隻在雨中流浪的小可憐！」

白貓翻出柔軟的腹部，任由她來回的搔著，這隻拖油瓶，放鬆慵懶的樣子和剛剛的凶相簡直是判若兩樣，尖利利的貓爪也縮回肉裡去了，她把臉靠在貓咪的肚皮，小貓更放鬆警戒，她玩上癮了，索性低頭輕輕偷咬了幾下貓的肚皮，在貓咪兩排小乳頭間留下淺淺的牙印，弄得貓咪又痛又癢，頻頻空踢著小腿，企圖想要撥開，又捨不得她走，想接續地玩。

「那表情真是欠打，好像很舒服的樣子。」她和貓都愛玩這樣的遊戲，在我們的沙發床上，持續嘻鬧不休，我原本疊得整齊的棉被，現在變成貓可以蹦蹦跳跳的彈簧墊，那隻貓一定以為自己在表演完美的體操吧，怎麼會有那麼放肆的動物？而我，唉。

我只感覺貓抓的傷口在隱隱作痛，一定是滋生細菌了，就像在顯微鏡下面看到的一樣，細菌，單細胞的細菌，那隻貓的爪子，抓過垃圾、抓過大便，證據！貓就是證據！牠今天踏在我的床，明天也會踏在別人的床，貓爪裡面一定有很多的細菌，細菌在分裂，牠們在繁殖！一個、就可以分裂成兩個、兩個可以分裂成四個、四個變八個…好多好多，多到可以吃掉我了，可是我只有一個呀！我也只有一個呀，一個也可以分裂嗎？

「妳看嘛！貓貓的毛毛手跟漫畫裡的一模一樣唷！很可愛對不對？」她親暱對貓咪訕笑著，抱起貓咪直往我身上送。

「哈……哈啾哈啾！」

「哎呀！對不起對不起，我忘了。」丟下貓咪，她連忙過來拍我身上的貓毛，大白貓有些搞不清楚狀況，怎麼剛剛還在溫柔鄉，這局就三振了，牠來回在我們的腳邊繞呀繞著，喵喵地抗議著。

「唉！妳的手機又在響了。」

「不接了！一定是他啦。」

「真的不嗎？」她說。

「真的不玩了嗎？」貓說。

「會不會有一天，妳也會這樣離開我呢？」

我沒有發現，背對我的她，臉色已慘白如蠶絲繭。

「妳在發抖，妳冷嗎？」我忍不住，從她的背後把她抱住，抱住，緊緊地抱住，要相信，相信就是真的，我要我的溫度變成她的溫度，抱住，用盡我全身的力氣。

白貓縱身一躍。

我們的白貓，我努力的我們的白貓，貓又跳到書桌上面去了，在我桌上伸了一個長長、很誇張的懶腰，十一月天的陽光，用來解凍剛剛好，什麼硬梆梆的東西都可以融化掉，我們的貓就這樣在光裡面融化了，我們的影子，起先在側光下看起來是有些微微的斑駁，深深淡淡的錯落在光和白毛之間，不，我的影子，不，那是她的影子，其實，不用懷疑呀，我們也可以這樣融化掉呀，這樣不是很好嗎？

「唉，」她轉過頭來吻我的耳朵，她深深吸了幾口氣，我聽到咻咻的聲音，列車疾駛，速度無法想像，她說：「那如果有一天，我也這樣離開呢？」

＊

她為什麼要逃，我一直告訴自己，我不知道，我只是覺得很荒謬，我跟她的連絡方式，後來怎麼只有電話，她是哪裡人？小時候住在哪？我都不知道，每次我都提醒自己要記得問她，可是我的腳踏車已經追不上她了，這樣好奇怪，而且我們通話的時間也愈來愈短、愈來愈短。打電話的時候，還沒撥通的時候，雖然只有幾秒鐘，幾秒鐘吱吱擦擦的雜音，這樣的等待，每次都像是判決的等待，通了，響第一聲，第二聲，第二聲，第二聲……這是第二審的判決，我寧願活在等她來接的盼望裡頭，至少那還是盼望。我何嘗不會怕呢？我很難過，我不知道她會不會為我們的事情難過，我總是想，她一定會的，我知道至少我這樣想的話，自己的心裡會舒服一些。

「您的電話已經進入……」這是最高法院判死刑的聲音。

這是真的嗎？她問我。

那天她草草的把讀書報告寫完。她很驚奇，因為我騎著腳踏車，帶著貓咪和百合花，真的是怪異到極點的組合，真的也就循著地址找到她租的地方，我看見她睡眼惺忪的幫我開這個門。

她說，趕報告，所以一晚都沒睡了，她微撬著嘴巴說：真是不好意思，所以我還沒有刷牙，我覺得她有點害羞，搔了搔她的短頭髮說，不過，其實我有感應喔。所以後來她常說，擁抱的感覺就像是明天還是可以睡到下午，整天只吃傍晚那一餐，或更甚只吃個很飽的宵夜。所以我們之後親密的貼近，就喜歡臉這樣偎著，感覺對方是燙的，她的笑容牽動著肌肉也牽動著我的。

我知道她的鼻子不好，所以先挑去百合的花蕊，我一直為這個小聰明沾沾自喜，但是我忘了寵物籃裡的貓毛，貓從寵物籃裡四腳不穩的放出來，她打了一個噴嚏，猛吸鼻子的她安慰我，一定有辦法解決的，哈啾哈啾！如果學生宿舍真的不准養小動物的話。

我喜歡她的房間，她的套房雖然沒有陽台，不過有兩個窗，房間很亮，氣窗很高，人搆不到，她的另一窗看出去，可以看到黑色像鱗片的屋頂，別人家的，正對面是一座三樓加蓋的鴿舍，鴿舍是粉綠色的，她說，是香草加很多、薄荷比較少的冰淇淋，融化後漆成的。可能是太甜了，所以小蟲子蒼蠅很多，不過，我可是為此特別又釘了新紗窗喔，我怕死小蟲子了，她說。

她是好人，她敞開門，收養我和貓咪，可是後來……

白貓顯然已經餓壞了……

她也開始焦慮咬著指甲……

他則努力的按壓著手機鍵盤，與聽得懂他語言的人聯繫……

而我，我低頭看著我的灰鞋，我的鞋頭已經踢到醜醜鈍鈍的了，我把鞋脫下來，我敲著門說：我來了，我要進來了喔。

當然，我們當然吵架。

我們為貓咪吵架、為貓咪的舊爸爸吵架，她冷靜的時候會一邊擦地板一邊問我：妳要的到底是什麼？一直演戲都不會累嗎？她說：演員演完下來就不用再演了，妳既然那麼愛演戲，那麼會演戲，乾脆來考我們學校的戲劇系好了。

她常常呆呆的，仰著臉，朝著她房間的氣窗看，她自問自答，一個人只有一顆心對吧？對呀，是這樣吧。正好有陽光的時候，我看到她的臉被光影分割著，分割著，再分割……

「妳知道什麼是受傷嗎？」她說這才叫做受傷。

她把涼被捲成紮實狀，夾在兩腿間用力的自慰，她從不避諱我還在旁邊，我摟著白貓，她說：沒有特定想一個人，身體是一點反應也沒有的，至少她是這樣的，要一直等到上廁所尿尿，用力的時候才有分泌物流出來。

她搖著手催我快回去，鞋不用脫了，妳想走就快走吧，末班車不是十二點喔，再晚一點就沒有車回去了，快考試了不是嗎？考試以後就放假了，貓和腳踏車我幫妳看著，反正我這邊有的是地方。

我告訴她，可是我真的想陪她，是真的！

她敲了我額頭一下。

「乖，有空的話先回家去轉轉吧，妳不是說妳已經好久沒有回家裡了，爺爺生日也沒有回去，妳還有爸爸還有媽咪，妳爸爸和媽咪看到妳現在的樣子，鐵定會昏倒的。」她把我整個人轉向門口，她說，如果妳再不走我就要大喊囉。妳以為我不敢嗎？妳以為我會怕吵到鄰居嗎？我可是不會在乎這個的，她怪叫的說。

「哎呀呀……是誰家的小孩呀，這麼晚了還不回家！」臨走前她還拍了我一下屁股。

*

我想如果我們的白貓會說話，我想牠會說：妳們不要強人所難，我只是一隻貓，我只是一隻貓呀！

我打了好多通電話，考完期末考，我告訴她想回家一下，回去馬上就上來，電話打過去都是轉語音信箱，可是我很勇敢，判死刑了也很勇敢，我每天都有留言，我每天都有說：我好想念她。回去家裡幾天，電話的帳單也剛剛好寄到家，看到我的人都說我瘦的像鬼，陰陽怪氣的，大家都說我有問題，我的家人哪裡都不准我去，連手機都被沒收了，我只要一坐下客廳靠近電話的沙發，全家都豎起耳朵呈小白兔狀，雖然他們都沒有說，但是我知道，外面打來找我的電話，都被過濾了又過濾，包括寄給我的賀年卡。她正在做什麼呢？我的喵喵在她那裡做什麼呢？我不知道，她也不知道，她那邊一定很緊張，我怎麼會不見了，一定是的，她一定又在那邊胡思亂想了，不會的，妳一定要相信我呀。不行，我要瘦、我還要更瘦，就差一點點，要是瘦到可以穿過大門的鐵欄杆就好了，她就可以不要擔心了，不要擔心了喔。

我是跑出來了，第一次，後天就是農曆除夕。

我叩了好幾聲她的房門確定，沒有人在家，外面的信箱也已經被四面八方的廣告紙漲爆了嘴，我面對她掉漆的門哭，罰自己站了一個下午，隔壁的跑來告訴我，應該是回家了吧。我想應該是吧，大過年的誰都理應回家過年去的，所以我也回家，吃團圓飯的時候挨了一個耳光。

第二次，我也是躡手躡腳，家裡知道我要出門，只不過這次，沒有人要理我。

她隔壁的樓友，正蒙著口罩噴殺蟲劑，看到我來了，倒先問我有沒有她的消息，我說我不知道，我也正在找她，她因為欠房租，房東很急，而且算一算她應該是今年畢業吧，也不知道到底是要不要住下去。

我認得這個鄰居，因為他剛好也是她同系的學弟，他有點不好意思的摘下口罩，向我聳了聳肩說，不知道怎麼了，三天的連續年假回來，家裡的蟑螂螞蟻還有小飛蟲突然變得很多，應該是因為放寒假的緣故，人比較少出入，蟲子都來我們公寓稱大王了，只好買殺蟲劑回來噴。

她為什麼要走？我不知道，這次，還在她的公寓樓下，遠遠的就聞到消毒水的味道了，我一階一階的上樓，消毒水味越來越重。聽說，後來是因為惡臭難耐，等到房東氣呼呼的來開門，連警察都來了，親眼看到的人向我形容，門初初打開的時候，除了有嗆人到流淚的餿味外，只覺得這個房間怎麼這麼暗，暗得這樣詭異，日光燈開關，啪！一打開，原來是房間的紗窗上，早已經固著密密麻麻的蒼蠅。

她的房間非常地亂，房東把地板掃了好幾遍、拖了好幾遍，滲在地上磁磚縫裡的垢，怎麼刷還是髒髒的，最討厭的還是貓毛，不知道從哪裡飄出來的貓毛！我想她要把房東弄瘋掉了，這房子應該租不出去了吧，何況她還有欠房租。

她為什麼要這樣呢？我一直告訴我自己，我不知道，消毒水的味道，一直不斷的衝進我的鼻子來，應該被消毒到什麼也沒有了，或許是為了通風的緣故，她的房門是一直被開著的，其實她原本就可以不用鎖的，她不該鎖的，可是她還是鎖了。

「喀、喀」兩聲，冰冷、而且乾淨俐落。

看得出來，她的東西應該是有搬一些去了，她的櫃子裡還有一大堆舊衣服和雜物，房東人很省，他把看起來漂亮、或者還能用的東西都撿起來，用黑色的垃圾袋，裝成一袋一袋，堆在樓梯口，送人或要用的拿去用。

她那本燙金封面的精裝雜記本，就是在垃圾袋翻到的，看到書面熟悉花色的時候，我愣了一下，我小心翼翼的從袋裡抽出來，很大的一本。

我拿起書，站起來，蹲下太久了，這樣站起來，頭有一點暈，這書，我壓在我的鼻子上，可是我聞到的，只有消毒藥水，真是好傻對不對？我翻開，我一句一句仔細的讀，我要用唸的把它唸出來，她在裡面搞不好會透露說她要去哪裡呢，不會吧，怎麼站起來好久了，我都看不清楚前面？我想我的貧血有一點嚴重了，她學弟的聲音探出來說，有妳想要的東西就拿吧，我已經拿了好幾罐顏料去了，她的很多畫具早就都被拿光了。

「那麼作品呢？她有作品沒有帶走的嗎？」

「嗯，這個我就不知道了，不過房東倒有清出一堆廢紙。」

「應該，丟掉了吧，不然就是清去回收了。」

有人說她在學期還沒結束前，就都沒去上課了。也有人說，其實在過農曆年以前，還有聽到幾聲微弱的貓聲從門縫裡滲出來，可是後來就沒聽到了。不過我相信白貓一定有經過相當的掙扎，也企圖想辦法，但最後依舊無疾而終，我想起雪白的牠其實就像白紙一般，記錄著我們的一段故事，最難忘、也是壓在最箱底。

當然我們還有貓，牠從頭到尾都見證著。

作者簡介

黃千芳，高雄人、中鋼子弟、東華大學創作與英語文學研究所一年級、淡江大學中文系畢。

關於創作

沒有偷渡的人不知道，一個笑聲滲著海鹽的女孩，是為了什麼而爬上船來。她並不知道，她也許知道，或許只是單純的聞到一些香味，例如：罐頭。她赤腳溼冷，乃至於有她的眠夢，用力扭，還聽見水聲。

料理

蘇頌淇

淑芬矗立電影院門口，爆米花抱個滿懷，人潮川流不息地擠過身旁，迅速游走著。有那麼一瞬間，竟著實害怕自己如單薄浮萍般被沖得不知去向。

亮花花的陽光灑落在頭髮上，黑金般閃亮流動，著細肩帶的光裸手臂，明顯感到刺痛的烙印。炙暑的熱氣昇華，捲起柏油悶燒味，淡薄的水霧與波動的氣流，攪和了路人的身影，面目模糊地乘著風火輪一個個飄走。

淑芬實在沒勇氣穿過那層層似水銀般波流蕩漾的熱氣，直到身子被帶著向前走。

他回過頭來，「等很久了嗎？」

「不，還好。」淑芬尷尬地笑笑。第一次發現他的手掌如此厚實有力，寬闊肩膀微傾地向前開路。安心的讓他領著，宛若攀住浮木的游萍，在不斷流逝的河中，輕嘆著幸福。

黝黑電影院中，放著大聲講手機的男人被追著打的宣導短片，淑芬與鄰座的人連忙掏出手機切換成震動。

嗅著他襯衫乾淨清爽的味道，「蜜桃香？」淑芬湊近他耳朵輕聲說。

「什麼？」他轉過頭來親一口，順勢右手摟住她的肩。

「你的衣服有熊寶貝蜜桃味道。」為了確認，淑芬將臉埋進他的胸膛，深吸數口。

「是我媽洗的，也許是吧?!」

「什麼都是你媽幫你弄，是不是連媳婦也是她幫你挑？」淑芬靠在他肩頭上溫柔地撒嬌。

「我比較喜歡玫瑰花香。」淑芬悄悄地說。

走出電影院後，仰頭看著藍天看著他，心想著，今天要在日記本上標上特別的記號。

八月三日　天晴，中午35度C，超熱。

壽司店的工作漸入佳境。他送我一株小玫瑰花，我小心翼翼地澆著她，希望花苞能早日綻放。

慌亂地停車、脫下安全帽，衝入店內。

「早，來的正好，幫我洗菜。」頭家娘阿婷抱出三大綑的空心菜。將背包放好後，穿妥圍巾，捉起大菜刀一陣旋風切。阿婷先前總是說淑芬做事太幼秀，做廚房動作要拿乎緊。

去根、切段、撿菜，拖出大水桶加水洗菜。適巧頭家阿正抱著成串便當盒進來，他試圖將便當盒頂在頭上穿過狹隘的通道。

「小芬啊！菜不用洗那麼久啦，沖水兼倒水三遍就差不多乾淨了。時間差不多囉，緊去做別款代誌，要跤手緊才賺有錢。」

淑芬匆忙應聲好，抬起大水桶吃力的將髒水倒入水槽。水槽旁正在點瓦斯爐炸雞翅的阿婷邊攪動油鍋邊對淑芬說，「沒要緊啦，我炒菜時會加減撿菜，歹的會丟掉。小芬才來第三天，已經進步足多呀！」

淑芬很感激頭家娘為她美言，望著水桶內的菜，也許已經洗乾淨了吧！連忙將菜葉撈出來交給阿婷。

「頭家娘菜放佇這嗎？」阿婷轉過頭，用手巾擦汗，有點不好意思地說，「唉喲，叫我阿婷就好了啦！阮擱毋是頭家娘啦。」

頭家由儲藏室冒出頭來說，「就緊是啦，叫頭家娘毋要緊。」

淑芬滿是困惑地看著他們倆，後來聽壽司師傅阿娟說才知道，他們正為將來共同奮鬥，現在先住在一起節省開銷，預計明年結婚。

「有夠熱咧。」阿婷正在熱鍋前撿起炸好的雞翅，空出一隻手來開小電風扇吹。淑芬望著比巴掌大一點點的小電扇，努力地呼嚕嚕的轉著，著實懷疑這樣清涼到哪去，因為充當廚房的空間真的太狹小了，位於長形深處的阿婷正炸著食物，黏膩膩的熱氣夾著渾濁的油煙，滯留在低矮的天花板上陣陣盤旋，空氣中散發的熟肉香味，應該有包括被蒸透的人味吧。

阿婷對著菜灑胡椒粉，全部的人都感受到威力，猛打噴嚏，尤其是頭家。

「怎不開抽油煙機？」頭家痛苦的擤著鼻涕說。

「裝傻仔，抽油煙機前幾天壞去啦，叫你換新的攏眛記咧。」阿婷雙眼被嗆得流目油，拿手巾搗著嘴口抱怨著。

「歹勢啦，我記得了。甘要順勢換大間店面咧？」頭家半開玩笑地說，「等我換大間店，請一個廚房歐巴桑來做，你轉去厝裡吹冷氣翹跤，好否？」頭家體貼地遞來一張衛生紙給阿婷。

「毋通讓我等太久•ㄋㄟ。」送過來一支雞翅給頭家。淑芬看著他們一來一往的打情罵俏，覺得店內溫度又提高不少，不自覺地想起他……。

阿蓮從外頭進來，拿著還沒發完的宣傳單，「頭家，彼條街仔我已分的差不多了。」

阿蓮黝黑的臉被烈日曬得像豬肝般暗紅，她是頭家請來做雜務的歐巴桑，什麼都做，包括洗菜、包便當等，與淑芬的工作是差不多的，但她最主要的工作是送便當。當然，訂單多，人手不足時，淑芬也會加入送便當的行列，若生意清淡時，淑芬就得輔助阿蓮沿著大街小巷發宣傳單。因此兩個算是好搭檔，默契還不錯。

頭家看牆上的時鐘說，「十一點到囉，差不多是訂便當的時候，大家要認真打拼，知否？」然後雙手叉腰，環視四周，一副大將軍上疆場的意氣風發。

「你是起瘋抑是吃毋對藥仔，全店就算你盡你蓋無路用，只會出一隻嘴。」壽司師傅阿娟將捲好的海苔條擺好，操起壽司刀俐落地切著，頭也不回的丟出這句話。

全店裡就數阿娟最有男子氣概，高壯雄偉的身軀，健康麥田膚色，頭髮永遠抓成一髻，高聳亮潔的額頭配上微凸的顴骨，又加上以前在夜市賣小吃所訓練出來的大嗓門與膽量，頗有巾幗不讓鬚眉的英雌本色之風。雖說阿娟在這資歷最久，但淑芬還是有點擔心頭家是否因顏面掛不住而抓狂，於是偷偷觀察他的臉色。但頭家一副吊兒啷噹樣毫不在意地說，「誰叫阮這只有我一個查甫，我無來指揮，誰來？」

「好啦，電話響了。小芬緊去接電話。」阿婷遞過來一本空白小筆記本及一支筆，淑芬壯大膽拿起轟隆震響的電話，「喂，這是阿正壽司店，請問需要什麼？雞肉便當三個、鰻魚便當二個、綜合壽司六十元、生魚片一份……喔，是什麼魚做的？」放開話筒，朝頭家問，「不好意思久等了，今天是鰹魚……是，會附送味噌湯，飲料另算……民族路二段一三〇號，好，馬上送過去。」趕緊將寫在筆記本上的條目及住址撕下掛起，釘在牆上。

淑芬將飯盒添好後，灑上黑芝麻，擺進三樣菜，一字排開等待阿婷將炸好的雞腿及鰻魚放入。在這段時間裡淑芬又跑去冰箱拿沙拉，阿蓮正在水槽旁裝味噌湯。阿娟要進來廚房拿密閉盒，不得不通過這條狹窄的通道，淑芬只得夾緊屁股，勉強讓阿娟過去。

於是一個訂單做完包好，交由阿蓮騎著機車呼嘯而去；下一個電話又進來了，這次由頭家送便當去。

正午十二點半是最忙的時候，不只要應付電話外送，店前買壽司便當的顧客還不少，大部分以老顧客居多。而便當外送幾乎都是發宣傳單的成果，「不要以為我只會動張嘴，我也動腦，發宣傳單這主意可是我想的點子。」頭家很得意的算著一張張鈔票。

「總算可以休息了。」阿婷解下綁在頸部的粉紅色手巾，拿去沖水擦臉，外送紅茶的小妹送綠茶來了，頭家苛責地說：「怎麼這麼久才來？」阿婷連忙給紅茶小妹錢說：「沒關係，下次快點送過來就好了。」

然後轉過頭對頭家說，「差不多了，一點了，你先轉去沖涼睡午覺。」阿蓮是做下午的班，也先回家休息去了。

「小芬，適應的如何？干會累？」阿婷遞來一杯綠茶。

「可以接受，而且工作本來就會累的。」淑芬邊咬著雞肉邊說，「不過中午包便當就好像在打戰一樣，好緊湊，很緊張。」淑芬心有餘悸地搗著還在撲通亂跳的心口。

「今天頭家心情不錯，外送便當賺卡多錢。發宣傳真的比較有效，現在除了居住在附近的熟面孔外，較外圍的客人也叫外送了。」阿婷吃著鰻魚飯欣慰的說。「小芬其實你還年輕，可以找較輕鬆的工作啊！」

淑芬很不好意思地低下頭說，「高中休學，也沒有第二專長。之前有去應徵公司的總機，結果他們要會講英文的，我就被刷下來了；去貿易公司要有打字基礎及會電腦文書處理，要不然要有會計或國貿的背景；連去應徵書店櫃台小姐，旁邊一同應徵的竟是某公立大學畢業的。不是沒有努力找工作，而是真的找不到工作，真的很氣餒……」

「唉！經濟實在太不景氣了，尤其是南部。」阿婷嘆了一口氣。

阿娟緊接著說，「我表妹才好笑，要找暑期工讀，看到家附近的青草茶店在徵人，下午就跑去應徵，卻已經沒有了。聽那老板娘講，一大早七點拉開鐵門，就有人拿著履歷表等在外面了。沒法度，她只好繼續找，現在應該已經放棄了吧。」

「如果想短期間賺很多錢，網咖或柏青哥店這類型的工作也不錯。就像那種滿貫大亨或連七的電玩店等，薪資高且輕鬆免經驗，比坐檯陪客高尚多了，你可以考慮一下。畢竟這裡的工作環境及薪水都不是很理想。我也希望像你這樣年輕的女孩子除了將錢交給家用外，也要加減存一點錢，將來年紀大了才有好日子過。」阿婷很認真地半台語半國語的說。

「可是我怕爸媽擔心……。」淑芬翻攪著飯小聲的說。

「唉喲，這裡工作環境不好?!阿婷怎麼還在這做苦工。每天熱得半死，累得像頭牛，怎麼你不走，反而鼓吹小芬走?」阿娟嘲笑地對阿婷說，「是不是心被頭家捉走了，毋甘離開?」

「喂!這間店我也有份，我努力工作是為了讓生意更好。」阿婷正氣凜然地說。

「我看是錢已經砸下去了吧，阿婷我是就事論事，做查某人不通做這樣憨，要為自己多做另一條打算，你太善良了。」阿娟果然是直腸子通到底，也不顧阿婷臉紅到脖子底，又繼續講下去，「你要看好你的錢啊!」

阿婷低頭有氣無力地說，「阿正跟我已經決定明年結婚……」

淑芬尷尬地不知手腳擺哪，正好有一個顧客上門，阿娟連忙去做壽司，丟下阿婷與淑芬兩人默默地吃著涼掉的便當。

「喂，我是。今天過得如何啊……」

「喔，這樣，補習班模擬考成績出來了，考的不錯吆，太好了……」

「ㄟ不要這麼說嘛，好好用功就可以考上第一志願了，你媽也是為你好嘛……」

「ㄚ，我今天工作很順利，幼稚園小朋友都很乖，最麻煩的是家長，要求東要求西的……」

「是啊！若小朋友趕不上大家的進度，家長都責怪小導師，說我不盡責、偏心、不會輔導……」

「ㄣ，我知道，我會好好努力的，你也是ㄡ……」

「對了，下次要不要換我打電話給你，不然都是你打電話過來……」

「這樣喔！好吧。既然你打電話過來比較方便，那就這樣好了……」

「這禮拜日你要不要一起出來？」

「ㄛ……補習班要補課。好吧，那就算了……。」

「嗯，我也是。拜拜。」

淑芬將便當交給客人，猛然才發現算錯錢，但客人已不知去向。

「小芬，你心不在焉的，在想男朋友嗎？」阿婷取笑著淑芬。淑芬很不好意思地低下頭，不語。

「怎不帶來讓大家看，我請他吃壽司。」阿娟很阿沙力地說，「順便我幫你看他的人品如何。」

「人品怎麼看得出來？要相處過才知道。只能看外表長得如何吧！」阿蓮笑著跟阿娟說。

「憑我在夜市做事閱人無數，在加上我前五個男朋友的教訓，男人再會暗藏本性，也能一眼就看出來。」

阿蓮放下洗好的碗，轉過頭問淑芬，「你們怎麼認識的？」

「是啊，說來聽聽嘛！」

「沒關係啦，不要害羞。」

「你們認識多久了，牽手沒？」

「說啦，若他欺負你，我幫你出氣。」

一時之間，大家東一句西一句的，混亂起來，將淑芬團團圍住，淑芬只好舉白旗投降。

「沒有啦，我之前是在K書中心打工，常看見他一個人來讀書，後來我要離職前，我們互留連絡地址，之後他就寫信來。於是，我們就一直通信好幾個月。那時候，每天寫信等信的，也頂幸福的。」

「筆友？現在哪時興這個。用電話連絡不是比較省時又省事！」阿娟露出不可置信的臉，在看見淑芬一副很受傷的臉後，馬上改口，「我以前也與人通信過，後來懶惰就散掉了。」

「最近已用電話連絡了，雖他個性較保守，但我覺得沒問題。」

「你去過他家了嗎？」頭家加入討論的行列，興趣十足。

「還沒。聽他說父母在國中教書，家教很嚴，希望兒子以後有前途。他是個很有志氣的人，只有考上二中雖然對他打擊很大，但他很用功，想唸國立大學。」

「聽起來不錯，你要多給他鼓勵喔。」

「是啊，他馬上就升三年級了，功課壓力很大，父母及學校每天都逼得很緊。」

「你要多體諒他。我兒子也是快要考試的人，我對他期許就很高。沒辦法，他是最大的孩子，又比較會讀冊，要不是沒錢，早就讓他出國念書，就不用讓他在台灣拼。」阿蓮很感慨地說，「阮年輕時卡不會想，國中混畢業出社會吃頭路幾年後，老父老母覺得應該要結婚了，就相親隨便找個人嫁了，兩個人經濟攏毋好，頭路是愈換愈歹。只有兒子還爭氣，從小不用我操心，功課不錯，我將希望放在他身上，期望他以後有一番作為，不要像他父母做工。」阿蓮停頓一下後，「若當時讓我來做決定，我甘願孤單一個人不結婚，一個人受苦總比很多人跟著受苦好。」

淑芬第一次聽見阿蓮說出如此語重心長的話，平時淑芬總是看見阿蓮笑笑的，樂天知命的樣子，原來也有她自己的苦楚。「阿蓮，那我可以問你嗎？我們見過面也約會過幾次，但他都沒讓他父母知道我的存在，推說怕父母擔心，是否他對我不認真？」

「應該不會吧！可能現在不是時候。」阿蓮將抹布洗乾淨晾著。

「女孩子家除了要捉住好姻緣，也要眼睛放大一點。查某人若嫁好尪，一世人幸福，就怕嫁毋錯人。聽你說的，他應是個好男孩，好好把握吧。」

「若覺得不好，馬上換男朋友，你這麼年輕，毋免煩惱啦。」阿娟不改豪爽本色地說，「若我查甫對我歹，旋換人，做查某人毋通太委屈。」

阿娟一大早興高采烈地走入店內，劈頭就跟頭家說，「頭家後禮拜五六日，輪到我放假了。」

頭家正蹲在地上掏米煮飯，抬起頭來很訝異地說，「啥，五六日？兜好是客人最多的時候，且禮拜日喜宴訂的壽司很多咧。提前或延後放假，好否？」

阿娟劍眉一橫，嘴一撇，叉起腰來，「頭家啊，你顧你的生意，也要乎我休息，原先是你答應講一個月攏毋休息，得有三天的假通放，就是後禮拜，你昧記呀呢？」

頭家壓下大電鍋的按鍵，雙手在圍巾上擦乾後，站起來靠在牆上，「好啦，好啦，講就講，那米大聲是要吵死人呢!?」

「是肯，抑毋肯？」阿娟臉色陰沉的怒目大睜，「我早就想甲你講清楚，上星期我已經通過壽司師傅的技能考試了，照理講我可以自己擺攤開店面，我還佇這做，是講義氣乎你面子呀，你擱甲我計較放假的代誌！做頭家仔竟然講話毋算話!!」

阿婷看情況不對，卡在兩人中間打圓場，「頭家的意思是怕店內跤手毋夠，沒別的意思啦，伊也不甘放你走呀。原本就是要放你假的，後禮拜的假沒問題，對否？」阿婷推了推頭家，頭家悶不吭聲地抱胸不睬。

「好啦，好啦，你們兩隻嘴要修乎好，麥擱鬥嘴鼓Ｙ。做生意，緊做生意。」

阿婷很無奈地將阿娟的圍巾遞給她，然後轉身對頭家說，「阿正仔，你去幫我買一包太白粉轉回來，緊去。」

淑芬目送頭家離去的背影，覺得突然店內變的很死寂，於是就扭開收音機，李心潔正在唱〈裙擺搖搖〉，覺得不妥又轉開，江蕙〈怎樣會堪〉婉轉哀怨的聲嗓緲緲傳來。

「阿婷，你麥擱替伊講話了啦。就算伊當初做大尾慣習，也袂凍做代誌無王法。上次店裡來兩隻小跤鱸鰻，吃沙西米講沒錢先欠ㄚ，頭家講沒問題、小case。彼兩隻小尾仔叫頭家一聲『大仔』，講最近活不下去，頭家就從櫃台拿出伍千乎去開銷。阿婷仔，這間店你也有份，你要將錢顧乎著！」

「阿娟仔，你講得我攏知影，頭家的性我是尚瞭解的，朋友是伊蓋重視的。麥擱講啥米鱸鰻土虱，過去的攏過去啦，麥擱唸啦，千萬毋通在頭家的面前提起，知否?!我知影你是為我好才給我講，我真感心、多謝啦……」

「哎，愛甲悴心攏毋知。」阿娟嘆了口氣，將緊握在手上的圍巾攤開，用力朝外抖了抖，穿好。

淑芬突然肚子疼，正好有藉口暫時避開這場混亂。左彎右拐地終於到達市場陰暗的公廁，顧不得公廁的骯髒，衝進去解放。

淑芬閉氣到沒法了才用衛生紙摀著鼻稍微吸一口氧氣。不是她嫌公廁臭，而是她只習慣聞家裡廁所的味道，用家裡的馬桶，除非必要才用外面廁所。為此，小學一年級時還因憋尿太久，痛苦到眼前一片發紅，差一點暈倒。最後忍不住只得不自然地交叉扭著顫抖的雙腳以極小的碎步，扶著牆壁緩慢地朝女生廁所前進。頑皮的小男生故意從後面大力拍她的肩膀嚇她，淑芬驚叫一聲，就昏厥過去了。

那時她做了一個夢，夢見自己全身舒暢地漂流在海上，毫無負擔。醒來時，已躺在床上，隔天就辦轉學手續。

其實，中間到底發生啥事，淑芬完全記不得了，直到今天，只要去上洗手間，淑芬就會有莫名罪惡感。

像現在，蹲在市場的公廁，好像侵犯到別人領域般，淑芬渾身不自在，只要水箱蓄滿水，淑芬就拚命沖水，彷彿藉由沖水嘩啦聲可以淹蓋她這個入侵者的存在及留下的證物。

隔壁廁所門關上，傳來阿娟的聲音，「小芬，你在隔壁嗎？」

淑芬很不情願地應了一聲，巴不得馬上走人，遠離這個泛黃的茅坑。

「小芬，我剛剛是不是對頭家太兇了？」

「嗯，應該不會吧。」淑芬憋著氣，仔細地由嘴巴飄出游絲般的回答。

「我只不過看不起頭家的為人，阿婷歲數也不小了，看過的男人那麼多，怎會挑上這隻大鱸鰻。她以前可風光了，要車就有車，要錢就有錢，還怕沒小白臉嗎?乾爹給的仟元鈔是一疊作單位的，只要與伊講話，一晚賺的甘有比壽司店一個月少?!查某人就是傻，將身軀早年賺的全部丟入壽司店，隨便一角錢攏是用青春換來的。真可惜……。」

淑芬很不想待在這裡，快速地將衛生紙終結掉，狂奔出公廁，市場加蓋的鐵皮屋頂阻擋了烈陽的兇猛，只剩一片墨綠的寒意。日據時就存在的市場，在陰陽範圍外醞釀無形黑洞，這裡每塊磚瓦是如此黝黑如此沉重，扛起歷史的消磨，被賣魚賣菜賣肉賣水果的攤販踩著踏著，就這麼收集了流年流語瘋言亂語，沉沉澱澱地積著壓著存著擺著待著，左腳踏下污水濺出，雞與豬禽獸的哀鳴淒切的傳出，右腳踩著，日語閩南語叫賣聲雜沓湧出，各種不斷不斷的嘶吼竊語剁肉聲謠言低哼討價還價聲，這麼毫無節制地由著耳朵如電鑽鑽入延腦，轟隆作響。被拘禁的幽靈在無涯無盡的黑洞中，失聲地翻滾在幽黯中吶喊。

出了市集，刺眼的陽光刺著，全身充盈著溫暖的不真實感，讓淑芬不自覺地回頭一望，市場人聲鼎沸，唯一不變的是那頂頭一片墨綠的陰沉，鬱沉沉地滯留著……。

後來，由阿蓮那知道，阿娟那三天假是與男友一起去北部玩。

頭家去買太白粉一整天都沒回來，淑芬不得不加入送便當的行列，今天大家都累得人仰馬翻。

最近頭家心情不太好，阿婷偷偷地說，最近壽司店生意不理想，外送的訂單愈來愈少了，現在收入大都靠店面壽司在撐。

阿蓮對頭家說，「頭家，中正路我已經走透了，甚至第三次發宣傳單了，有些店拿到單子連看都不看就說之前訂過了，但不好吃，叫我回來反應給頭家知道。這次可不可以換別條路發宣傳單了……」

頭家很生氣的說，「我的便當會難吃？一定是你們沒做好。淑芬，你今天反正也沒事可做，跟阿蓮去發單。沒發完不能回來，淑芬把手機帶去，需要回店內包便當或外送時，我會打給你……」淑芬真希望從沒有過手機。

阿婷說，「阿正，這樣甘好嗎……」

頭家兇猛地舉起手來，「你講啥，今仔回去甲你打……」

頭家迅速放下手掌，不過嚇壞了淑芬與阿蓮了，匆忙的抱著宣傳單離開。淑芬擔心的回頭望向阿婷，阿婷眼紅紅的叫淑芬快走。

這時，淑芬突然想像若阿娟在店內，她會如何與頭家嚷嚷或更甚者打架⋯⋯。

在十字路交叉口，阿蓮將單子平分後遞一半給淑芬說，「我走民生路，你跑忠義路吧。」

臨走前阿蓮問，「上次聽你說的那個男生還有再約你出去嗎？」

「最近他忙著應付功課，且因家裡的關係，不方便出來。我覺得他的未來比較重要，雖然很想見他，但要忍耐住。」

「唉，我真為他感到高興，有這麼貼心的女朋友，我若是他的父母一定會很欣慰的。」

八月二十九日　天晴，心情好

今天送便當，差一點被車撞。因爲不熟悉訂單住址，便當送較慢而被顧客罵，回店又被頭家說一頓，但晚上聽到他的聲音，我又有活力了。

俊明說下星期五補習班的暑期密集班停課了，可以一起出去看場電影或吃個飯。

我聽了之後好高興喔，巴不得下星期五快快到來。

Ps.小玫瑰彷彿有點欲振乏力，緊閉的花苞頂端已經發黃。

淑芬站在電影院門口，俊明去買票，他很體貼的買一把遮陽傘給淑芬，又把冰可樂給淑芬喝，淑芬覺得天底下她是最幸福的女人了。

淑芬心想，不知道頭髮還香不香，為了將油煙味洗掉，通常要洗兩遍；第一遍只不過將那煙味去掉，第二遍才能將黏黏的感覺清除掉。今天與他約會，淑芬特地洗了四遍，以確保萬一。

抓過一搓髮尾過來，東聞西聞，覺得香香的才安心的吸一口可樂。淑芬遠遠的看見一個騎著機車的人在跟她招手，仔細一看，原來是阿蓮。

「阿蓮，你怎麼在這裡出現？」

阿蓮指著車座前的一大包便當說，「你忘了今天還是有上班，是你放假喔。穿這麼漂亮，還撐傘這麼淑女，約會喔！他在哪？」

淑芬很不好意思，「他去買票了，應該馬上就來了。對了，我穿這樣好不好看，頭髮還可以吧，腿會不會太粗……」

「好、好、好，一切都很好，放鬆心情快樂看電影，看來你很重視他喔，我倒想看他是哪一號人物，回去我們可以幫你打分數。淑芬，好的男孩要好好把握，機會只有一次，可不要讓它溜走囉！」

淑芬覺得眼睛有點不爭氣地潮濕，「謝謝你，阿蓮。」

「淑芬，我已經買好票了……」

「俊明，你怎麼在這？」阿蓮轉身驚訝地看著俊明。

「媽……」

淑芬看著俊明又看著阿蓮，覺得天昏地轉……。

作者簡介

蘇頌淇，台南人。

真理大學台灣文學系畢，東華大學創作與英語文學研究所一年級。

關於創作

我生於，古都府城。鳳凰樹下數寒暑，在虛與實、新與舊、未來與歷史之間穿梭，就這麼站在廟宇飛簷氤氳裡，凝視著摩登與傳統的角力，一幕幕爭相登場；而古早府城人，骨子裡一樣是帶傳統的，即便千禧，也就披上了現代的戲服，鐺鐺鏘鏘地粉墨登場，唱的還是府調，若未添了些新曲，裝飾上西洋行頭，終究亦離不去傳統。

府城，就如此地認知著；而我，透過它的眼窺著世界，堅定著信念。

對著迎面撲來的洶湧新知，顫兢地呼吸著，怕若個不留神，丟了背後歷史記憶，失了那骨髓支架，徒追著潮流，空有軟棉棉的執著，何用？

於是，就那樣地緊抓著、戒慎恐懼地，握住僅有的傳承，寫了。

歸

羅羅

我猛然地從睡夢中醒來，黏稠溼滑的汗水在無意識間擴散，彷如從體內不斷擠出，透濕了自己的背。我剛才夢到自己迷失在森林水氣聚集的雲霧之中，兩三尺外的樹林都是白茫茫一片，僅可見著三四步外的視野，我滿心驚恐的站著。

良久，才提起勇氣向前走，走在被霧水打濕的小徑上，陰涼的露水自葉尖撲來，我不禁哆嗦。突然，我聽到一陣陣閩南語的笑聲：「臭蓄仔，死蓄仔，快走，快滾回你的老家去吧！哈，哈，哈……」在一片茫茫的霧裡，找不到是誰在發笑，我氣得渾身發抖，怒吼著「出來，出來呀，有本事就出來對打！」我用力地向前擊出，打的卻只是空氣而已。白茫茫的霧中，

彷彿有許多看不見的手把我壓倒在地上，然後不斷地打擊我的身體，我想喊，喉嚨卻又被捉得緊緊的，發不出聲音來……我一緊張，便醒過來了。我擦了擦下巴的汗水，鬆了口氣，慶幸地那只是一場夢而已！

胸口有些悶悶的，我看了看腕上的手錶，原來已走了三個小時的車程，家已不遠了。但依據現在的時間，回到家恐怕已是凌晨時分了。要不是起站時的誤點，現在應該已到家了，我自忖。

目光投向窗子，客運外是一片黝暗孤寂的黑夜，所有的事物都彷彿被黑夜所吞噬。黑夜是冰冷且怪異的，黑暗中有沒有傳說的眼大如車燈的哈尼肚（惡神），在窺視犯罪的慾望？凡犯罪者雖能逃過自己良心的譴責，卻避不了哈尼肚的制裁。這是從小就被教育的禁忌，一如現在身上穿的這件白襯衫，縱使經過多年的洗滌染成黃色，但在本質及印象上都是它當初白色的模樣。

我移近窗子，在玻璃窗上看到自己的影像，粗眉、挺鼻，皺起著的眉頭，明顯可見額頭上那三條陷得深深的皺紋。面皮也因終年在太陽底下謀生而造就的黧黑乾瘦。不變的是那雙與生俱來深邃的大眼睛及濃濃的眉毛，這都成了我布農的記號，讓人一看就知道是原住民。而蛀了一個洞的門牙，用力吸氣時還可以發出「嘶、嘶」的聲響。

仔細地端倪，才覺得窗上倒映的影像與自己竟是如此陌生，眼圈附近都佈滿了魚尾紋，頭髮也亂得像一叢焦乾的雜草。我的臉扭曲了一下，怎麼一下子就像是四十幾歲的模樣，我不過只有二十七歲而已啊。雖已算不上是年少，但不應該是如此老成呀！「做粗工的，老的快。」我低下頭，望著窗外黑暗的曠野沉思。一張張回憶的膠片，在我腦海中慢慢展開。

我看見年幼的自己一頭埋入菜園澆水鋤草施肥，雖然面積不大，但也夠叫人累的了。每天放學後，我必須穿著長袖襯衫和長褲，在烈日底下幫忙，在那一大片的菜圃中，必須彎著腰用刀將一顆顆像頭顱般大小的高麗菜砍下，裝在竹簍裡。有時，我會把它聯想成馬卡哇斯（出草），在揮刀之際有種劊子手的快感。而菜園的農作物，卻像永遠殺不完般似的，在所有的高麗菜被砍完以後，會有玉米蕃薯小米繼續成長，成為下一批屠殺的對象。吉娜（母親）工作的速度是最快的，要是落後太多，會召來吉娜的一頓責罵。吉娜可以一邊工作一邊罵人，速度絲毫不會減慢。

聽說當初吉娜生我時，是在菜園生的。那天塔瑪（父親）跟卡飛阿日（朋友）上山打獵去，懷孕九月的吉娜依然如往常獨自去菜園工作。在工作的當兒，肚子突然疼痛起來，吉娜躺在玉米叢中疼得死去活來，壓倒了一大片的玉米，騰出了塊空地。她在漾動的玉米田中咬嚙著工作服，腿膝陰戶間，是如注的殷紅湧出。在斑駁的陰影中她用牙齒咬斷臍帶，以乾草擦拭陰口，將血淋淋的胎盤埋在田裡，蹣跚地抱著我回家去。休息了兩三天，又開始到菜園去工作。

吉娜就是因為這麼操勞，一生都是那麼削瘦。

注視著窗外——我想起那年我和黑帶一起偷偷到溪邊游泳的事，我們提著書包來到有翠綠水草的小溪，從岸上往下看，可以看到清澈透底的溪水，潺潺地流動著。我們迅速脫光了衣物，直接就往溪水跳去，泡在溪中感覺到的是格外的冰涼，把熱帶的悶熱也一併洗滌。我們隨意地在溪水中展現各種游式，在晶瑩剔透的水花中響起歡愉的笑聲。直到累了才上岸休息。躺在被太陽曬得暖烘烘的石頭上，我的思緒隨著潺潺流動的水聲淌向遠方，流向那望不盡的天際。我有時會幻想自己化成了一尾放羈的魚，好奇地游出了這座令人悶得發慌的部落，游向更廣闊的水域。外面是個怎麼樣的世界？山上無聊的生活，讓我更嚮往城市。

山上什麼娛樂都沒有，連基本的醫療設備都缺乏，若生了急病，只有連夜趕下山。那一次吉娜在大雷雨時，揹著重病的妹妹下山去看病。我在旁邊拿著煤油燈照路，閃爍的燈光照在妹妹蒼白的臉龐上，我看著她的頭斜斜地靠在吉娜的肩上，涎沿嘴角的已分不清是口水還是雨水了。雨水滴在身上感到格外的冰冷，死亡的恐懼讓我無視於芒草的刺割。不知是過了多久，我們終於到達了鄉鎮的衛生所，妹妹卻如熟睡的冷白雕像一般。

吉娜驚呼了一聲，就倒在妹妹的懷裡。我無助地扶起吉娜的頭，讓她坐好。

「吉娜，」我使勁地搖著吉娜的肩，呼喚著：「吉娜！吉娜！」

一陣沙沙的聲響打斷我的思緒，原來是司機在調整收音機的頻率，最後停在飛碟電台所選播的那首由伍佰主唱的歌：「……我不再想你，不再愛你，就讓時光悄悄飛逝，帶走我倆的回憶……」

客運裡的乘客或從音樂聲中惺忪醒來，或依然昏睡不醒。

我把臉別向窗外，看著窗子反映的自己，臉影好像變得模糊了些，我摸了摸自己的臉頰，仍覺得有些燙燙的——仔細一摸，痛楚即消失，一定是太累了！我想。

我閉上了眼睛，卻更清楚地感覺到身上的痛楚，那個痛楚應該不會停留這麼久的，都已是上星期的事了，怎麼還會有感覺呢？

我那天依舊是遵從老闆的指示，把最後一面的牆補上，忙了一個晚上以後，終於大功告成了，正在沾沾自喜的時候，那新來的工頭經過看見了，竟為了尺寸的問題與我爭論。

後來那工頭惱了，恨恨地說：

「算了，不和你這個山蕃……」

「你說什麼？有種你再說一次！」聽到這句話時，我衝動地把手上的東西往地上一丟，指著工頭吼道。

「我說你是山蕃！」

我怒吼了一聲，衝上去，狠狠地一拳就迎著工頭的鼻子打下去，只見工頭慘叫了一聲，倒了下來，鮮血迅速地漫延了整個臉，接著……

「各位乘客，現在我們在休息站停留十五分鐘，車子十五分鐘後出發——」我下了客運，覺得肚子有些餓，便在休息站點了盤蛋餅草草吃了。看著價格表上的標目，才發現什麼時候蛋餅也推出各種的口味，有蔬菜、豬肉、火腿、魚肉，印象中以前只有單一的口味而已。

多少年沒有回去了？記得上一次回去好像是三年前吧？我像被村人當作是外星人一般地團團圍著，七嘴八舌地說：

「哇！台北人了哦！」

「你的衣服真好看！」

「你變得真多啊！」

「你回去的時候，」連酋長也說：「可不可以為我的兒子找份工作，他讀完國中就不想讀書了，你可以幫他嗎？」

「嗯。」我尷尬地答應著。他們以為我在外有多風光啊？我必須戴著安全帽頂著烈日的曝曬，爬上高樓，從打鋼筋，疊磚塊，砌水泥……褐黑的臉孔油亮得好像可以擠出油來。我摸了摸自己的左肩膀，觸及的是粗糙的感覺，若用力壓下去，該部位的骨頭好像比右肩膀來的凹陷，這是我常挑鋼筋的緣故吧？當初，我毅然地決定獨自離開部落到台北發展時，認為憑著自己的勞力，終是能出人頭地的。但在都市中輾轉流徙，常充斥著不安定的流浪感，及一種害怕被遺棄的恐懼。而在工地上穿梭忙碌，一不小心即變成客死異鄉。

就像上個月，我在攪拌水泥的時候，突然聽到「砰」的一聲巨響。我愣了一會，急忙跑到案發現場，才意識到又有人不小心從工地的竹架上摔了下來。如果沒有記錯，這應該是這個月的第二宗吧？也從那天開始，我總是會不期然地想起白糊糊的腦髓混在血水的那幅情景——據悉那因工殉職的阿美族青年，連一毛錢的慰問金都拿不到。

而在台北工作了十幾年，我開始發現自己常在夜半時分因胸悶得吸不過氣而醒來，原也以為只是感冒症狀而已，怎知咳嗽的情況愈來愈變本加厲。當喘得厲害時，掙大著嘴，想從喉嚨中喊出些什麼，卻伴隨著一種昏眩。事後想起，只記得腦海彷彿是真空狀態。隨著次數愈來愈頻繁，眼眶也愈陷愈深，從鏡子的倒映彷彿像是兩個宇宙黑洞，喉管變得異常粗大，體重也節節下降。常常在呼吸不暢時，全身提不出一點勁，在痛苦之下我迫不得已只好請假去看醫生。

看診的醫生是個佩戴厚重鏡片眼鏡且面色蒼白的男人。他犀利的眼光一直盯著X光片，讓我感覺自己好像已經被看穿看透了。

「這樣的情況有多久了?」他皺著眉頭問。

「大概有半年了。」

「怎麼不早些時候來?」

「我……以為只是小問題。」

「你看X光片中你的肺積滿了許多黑點，你知道這是什麼嗎?」

我搖搖頭。

「你是從事什麼工作的？」

「建築工地。」

「從事多久了？」

「十幾年了。」

醫生低頭沉思，好一會兒，他以堅定的口氣說道：

「如我沒有猜錯，這些黑點都是你在工地長期吸入太多游離的二氧化矽粉塵，而感染的一種叫矽肺病的職業病。這些粉末通過你的呼吸系統進入肺部，像水泥一般在肺部中凝結，你可能會逐漸喪失你的活動能力。」

「那我還有救嗎?!」我緊張地問。

「也不是說沒有，但目前醫療情況還沒有辦法可以全部根治。最好的療法就是全身麻醉灌洗肺腔，再結合藥物治療。這個方法可以控制疾病惡化，達到延長生命的目的。不過醫藥費就比較昂貴，洗肺一次需十萬元左右……」

「……」

摸著胸前浮出的肋骨，皮貼在骨頭上透明的好像發出青白色的光。我想起在我仍帶有幾分稚氣的時候，吉娜便催促我讀完小學就可以了，她說她連學校是什麼樣子的都不記得了，每天天未亮，就一早上山幫忙，直到深夜才上床睡覺，而我能讀完小學就不錯了。

我曾一度憤憤不平，我在班上的成績一直都是不錯的，為什麼不能繼續上學呢——其實我也知道不能怪吉娜，家裡沒有什麼錢，身為長子，就有義務分擔家計……雖然如此，我知道吉娜仍是耿耿於懷我的教育的，曾在我工作累倒躺在床上時，吉娜握著我的手說：

「麥樹，都是吉娜沒用，要是讓你多讀些書，你就不會如此辛苦了……」

「吉娜，這不是您的錯，都是我沒用……」

一想到吉娜，腦海裡便覺得莫名的刺痛。還記得吉娜一把眼淚一把鼻涕地對著我說：「你也不想想，你塔瑪死的時候，你才十歲，色支（我）獨自一個人含辛茹苦地把你帶大……」但是我又有什麼辦法，一個月薪水只有三萬多塊，每個月還要寄一萬塊回去，我不用吃住啊？台北的消費又高……在那裡，我被冠上「山地人」的稱號，像生活在別人屋簷下的灰影之中。

在台北生活了這麼久，我常覺得台北，就像個大監獄一般，大家都在鐵窗內生活，在吵雜擁擠的人群中，你很難找到真正的卡飛阿日（朋友）。而我在台北最大的慰藉，就是能接到吉娜的信。有時雖只是寥寥的三言兩語，卻是安撫心靈最大的靈藥。我常在深夜時分反覆地閱讀吉娜寄來的信，從來信中我也得悉部落裡年輕的人口都像我一樣往外流，只剩下一些老人與小孩，但在外面呆沒多久，都一個一個被平地人打敗落魄地回到部落……而吉娜也常在信中催促我已經一把年紀了，趕快討個老婆吧，像表弟才十六歲，就已經成家立業了，我也知道，把她一個老人家留在部落裡，終究是不妥當的……雖然她一再地在信中提起，家的大門永遠為我敞開，我知道，她一向是盼望我回去的。

有時我會想要是塔瑪還在的話，該有多好？

聽說塔瑪是被巴布（山豬）咬死的。

那次塔瑪和卡飛阿日（朋友）去山上打獵，在圍獵的過程中，一對壯碩的巴布突然朝向塔瑪守候位置衝去，塔瑪還來不及取出番刀的時候，巴布已經把他撲倒了。塔瑪拼命地在掙扎，可是牠卻用那白裡透黃的獠牙不斷地捅向塔瑪身上。不一會兒，塔瑪已經遍體鱗傷，滿身都是血了。而塔瑪的卡飛阿日也趕緊用全身的力量，把手中的長矛往巴布狠狠扔去。巴布哀號了一聲，竄進草叢中消失了。塔瑪躺在沾滿鮮血的草叢中，不斷哀號的聲音使樹葉都顫抖著。他極力地想按捺住傷口，但他的腸子卻隨著身體的掙扎流露出來，而暗紅色的鮮血泉湧般地從深可見骨的窟窿冒出……

塔瑪雖然是死了，但我仍然相信塔瑪應該是無所遺憾的。畢竟，塔瑪的青春都是消耗在森林。狩獵，就是他的生命。相比之下，塔瑪的卡飛阿日，在保育法的約束下，已經無法隨意地上山打獵了。昔日狩獵的十字弓、刀、矛等獵具，現在都成為束之高閣供人聯想的文物了。老獵人們整天坐在雜亂的客廳裡喝酒，茫然的眼神醉醺醺地；在什麼事都沒有辦法幹的時候，人們根本就不會去計較時間隱含著什麼意義。這些老獵人偶爾夢囈般地喃喃回憶狩獵的往事，年輕人也懶得去理睬，直到屋子散發出那種難聞像鹹魚的味道，人們才發現原來不知什麼時候他們已經死去了……想及此，我的心頭彷彿就被螃蟹鉗了一下那麼的疼痛。

車子經過一些坑洞，激烈的顛簸著。全車只剩下我一個人了，我彷彿錯身在一種冰冷的悲哀中，是冷氣開太強了吧?我的思緒漸漸糊成一團，我想起那天我在深紅色的黃昏閱讀吉娜寄來的信，說黑帶也學平地人跑去大陸相親，以假結婚的方式娶了一個福建省的女人回來，據說身材還挺不錯的。那個女人在剛下台北機場就由人蛇集團接走了，黑帶的報酬則是每個月可以固定得到一萬五千塊。聽說黑帶用那筆錢買了很多東西，有機車冰箱洗衣機什麼的，當然，一萬五可以買到什麼，相信他都是只付了頭期款而已。這件事也是他自己在豐年祭時，喝得酩酊大醉說出來的。

談到女人，我回憶起那天我走在木房子後面黝暗的巷子，一個三十來歲的風塵女子濃妝艷抹地站在門口。這個長頭髮的女子身子瘦削，厚重的粉底掩飾不了歲月在她面上留下的痕跡。我跟她談好價錢，就隨她進入小小的隔間。隔間也真是節省，除了可以讓我轉個身之外，再伸個腰就碰上木板了。發出霉味的榻榻米上頭放置的枕頭棉被上，有一疊白色的衛生紙。我接過那平地女人遞來的保險套，透明的薄膜套起來就像是一條豐腴的香腸。那平地女人看著我的下胯現出驚訝的表情，我也不管她的反應，激動如獸兇猛般地進入她。她愈是叫的大聲，我就更加使勁地抽動。我在她光滑的肩膀上留下一個鮮紅的嚙印，當舌尖舐到她身上流出紅色微鹹的血時，我竟有前所未有的亢奮，脫穎而出的蝌蚪游在白濁黏濕的汁液裡。

想到那女人最後像條死魚般躺在榻榻米上，心中真是痛快啊！而在她昏死的時候，我瞥見了她藏起來的錢。我不動聲色地把錢悄悄地放入口袋，開門溜走了。

想到這，我愉快地竊笑著。從玻璃窗往外看，這時天際的曙光已經在地平線露出微微燦亮的光。

我猜測此刻吉娜大概也已出門工作了，像以往一樣，一早便到菜園工作了。吉娜的年紀也不小了，她該不會還是工作至太陽西下才走出那片貧瘠的菜園吧？不過我以後會好好幫她的，我還可以在屋後種一些像柳丁、橘子、香蕉之類的果樹，既可以吃，又可以美化環境。

「到家了！怎麼，你不認得自己的部落了？」司機陰沉的聲音把我的思緒拉回。

「哦？……明喝米桑（謝謝）。」我不好意思地匆匆下了車。

終於到了。天也亮盡了，蒼翠的山色迎面而來，荒涼地露出幾幢平房的屋瓦。幾縷炊煙從屋瓦的煙囪中冒出，像一條蟲般蠕動爬上藍色的天空。公雞叫醒太陽的啼聲，及獵狗的吠聲，也在部落中斷斷續續地響起。我心中盤算了一下，只要再徒步走兩個山棧的時間，就可以見著久違的家了。

部落依然如此冷清，街道還是沒有什麼多大的變化，那家老字號的雜貨店仍在，老板仍一心一意地守著他的店舖，也從昔日的壯年守成了今天的白髮蒼蒼。聽說老板以前是退役的老榮民，領了退役金以後便到這村子裡開了這間店，而且還買了一個村裡的女人做老婆。暖烘烘的晨曦中映照下的雜貨，飄浮著一股哀愁。

部落的早晨迷漫著沁人的空氣，讓我衰弱的身子有些顫慄，如果現在可以把身子蜷進白毛氈裡，顫抖應該就會停止。部落周圍蓋了許多新房子，房舍的樣子，都跟城市的樓房差不多，有平房，也有洋房，只是每個家門都掛著深鎖的鎖鏈。而天線倔傲地矗立在每個樓房的屋頂上，可能是位於山區的關係，只能勉強收到四台而已。雖是如此，電視機已經從黑白的換成彩色的了。

咦，只有那白色的教堂依然沒有改變，仍是小時候記憶的模樣。教堂旁有三兩個布農小孩，在用彈弓射殺小鳥。我笑了笑，小時候我也常帶著一把彈弓打鳥，對於這些盜取小米的賊，長老也鼓勵我們獵取牠們呢！除了可以減少農作物的損失，還可以在貧瘠的餐桌添加些營養。我對著小孩微笑，小孩卻無動於衷地在尋找獵物，並不理睬我。我便繼續走我的路了。

我來到街道的末端，這是一條崎嶇不平的黃泥路，我好久沒有走過這樣的黃泥路。想著家就在前面，雖是有些落魄，不過我相信吉娜還是歡喜看到我回來的。

走在黃泥路時，我看到好幾個村人，我都把頭壓得低低的。他們也沒有跟我打招呼，可能是他們也不認識我吧？畢竟我太少回來了。而我同時也不好意思問候他們，畢竟我這趟回來並不是件光彩的事啊！我默默地走在路上，踢著的石子箭一般地射往前，噗通一聲地發出掉入溪水的聲音。圈圈的漣漪把我帶回那天跟黑帶在河中游泳的情景。只是河流不再是清澈見底了，河中飄浮著人們丟棄的瓶子枯枝破傘甚至還有腳踏車，是族人把廢棄物往河邊丟的嗎？停滯的溪水中可以見到活躍的孑孓在跳舞。

眼前是模糊一片，我知道，那段歲月再也回不來了。但回到部落卻有一種回到母體子宮的安適，在這兒我可以什麼都不用顧慮。我開始深深地吸了一口氣，清了清沙啞的喉嚨，唱起歌來。我隨意地唱著，越唱就越高興，自己好像比平時都年輕了許多，彷彿是在長久的睡眠中甦醒並煥發著歡愉的感情，靈活舞動的身子，好久沒有這種感覺了。家的屋瓦，已從樹蔭下矗立出來了。我振了下背包，加快腳步地往家的方向跑去。

我推開家門，門依呀地被推開。我瞧見吉娜的背影就坐在椅子上面對著我，從她的身影我幾乎可以知道她在抽搐著。奇怪，是什麼事情惹得吉娜如此傷心？我好奇地說：

「吉娜，我回來了。您有什麼事嗎？有什麼我可以幫忙啊！我以後再也不走了！」

吉娜依然是不為所動，我遂站到她的面前，想了解到底是發生了什麼事？原來吉娜正在看信。奇怪，看什麼信會哭泣呢。我把放在桌上的信拿起來一看，原來是我台北的工頭寄來的，他奶奶的，他竟敢寫信來告密？

我把信拿起來閱讀，看看他說些什麼？突然我全身的血液好像僵住了。我想起在那天我打了那工頭一拳之後，心中仍是氣憤難消，就忘記了醫師的囑咐跑去喝酒，愈喝愈是痛快，約喝得八分醉的時候，我痛苦地閉起雙眼在地上打滾，直到整個世界都好像自己旋轉一樣，難受的感覺不斷地鞭撻在我欲裂的腦上，我便在迷糊的情況下昏睡過去，不知道最後是怎麼一回事了。

耳際什麼時候浮起那醫師冰冷的聲音，我的肺部將會慢慢地縮至如雞蛋般大小！原來我已經……教堂老銅鐘在這時響起清脆的鐘聲，我感覺到自己的身體彷彿開始輕飄飄的，腳板已離開了地面。

我感到有股哀慟無法抑制地湧到眼眶，卻怎麼努力也哭不出來，扭曲的嘴唇彎成一個黑洞，只能無言地乾嚎著。

作者簡介

羅羅，原名羅志強，廣東海豐人，民國六十五年出生於馬來西亞。畢業於中山大學中文系，現為東華大學創作與英語文學研究所學生。曾任學生記者編輯社團指導老師，在文學創作上僅得過四個首獎（四真不是個好數字啊！）。

關於創作

作品的愉悅，取決於作者的佈局，讀者的解讀，就讓作品自己說話吧？然，作品真是太多瑕疵了。

玻璃之屋

孫梓評

黃昏的光線一直跟蹤著阿非的車子。

她沿著河堤往下開，想起剛結束的那篇訪稿，心裡盤算著要找個機會跟總編輯要假期，長久的記者生活令她感覺疲憊。

草草地把車停好，她走進河邊的那幢大廈，這已經是今天看的第六個地方了，城裡的套房太嚇人，要不就是地處偏遠，像黑幫電影裡面通緝犯的匿身落腳處；要不就是摸黑一片、斷水斷電，帶路的房東先生拎著手電筒草率地環照著屋子：

「小姐，那個如果妳有滿意的話，水電和價錢都不是問題啦。」

不，她不滿意，從房間的格局大小到房東嘴巴裡叨著的香菸，

菸，她沒有一樣滿意。但是職場多年的訓練，她已學會如何適當地保持微笑，以及，不著痕跡的拒絕。（她的口袋裡藏了一副備用的微笑，笑僵了的時候，可以替換。）

眼前的大廈還算順眼，入口處一塊巨大的石頭，擁著一片水塘，垂灑下來的綠枝微微點著水面。她輕聲向管理員表明來意，登記姓名，然後，尷尬地站著等他和房東太太撥電話確定。等待的時候，阿非瞥見管理室裡擺放著一個大螢幕，將整棟大樓切割成一格又一格小小的畫面。匿藏在各據點的攝影機，每一分每一秒，把大廈裡的各種實況傳送到這裡來。

「可以了，」管理員帶著討好的笑臉，「請妳從右邊B棟電梯上頂樓。」

整棟大廈分成A、B兩棟，每棟各有兩輛電梯，每一層樓又分成之一到之六等六個單位，阿非感覺自己像是走進現代迷宮，她小心翼翼地摸索著兩輛電梯的不同，再小心翼翼地確定究竟房東太太的門牌號碼，是屬於整座大廈的北面還是南面？在幾次撲空與失誤之後，她的結論就是：頂樓所有北面的單位，都屬於闊氣的房東太太，於是她試探地按了電鈴。

沒想到，房東太太應門後，直接把一串鑰匙交給她。

「抱歉哪，我正在坐月子，要出租的那間房子是A棟15樓之二。妳自己去看一下，好嗎？」

她別無選擇。只得搭B棟電梯下樓，穿越空盪無人的中廊，又搭A棟的電梯上樓。她的手指輕輕按了15。橘色燈亮。

「余小姐，妳找到了嗎？」一個陌生的男聲傳出。

電梯裡沒有人，阿非愣了一下，忽然察覺到是對講機在說話。

「嗯，我，」不知怎地，有些心虛，「房東太太要我自己去看看。」

對方沒有回應，電梯門開，阿非走了出來，尋找著門牌號碼。

15樓之二。

她往前走去，邊模擬著日常生活的家居感覺。倘若往後，在這兒住下的話，將有多少個日子，是這樣搭電梯上樓、回家？

奇怪的是，15樓之二的門旁，放著一個雅致的矮鞋櫃，一雙酒紅色的細跟高跟鞋規規矩矩地擺放著。她有些遲疑，照理說是間空屋……或者是，房東太太忘了交代還有未遷走的房客？考慮了一會兒，她決定先按電鈴。

人工的鳥叫聲隨之響起，然後是沉默，然後是低低的腳步聲。

「不好意思，我是來租房子的——」阿非的話只說到這兒，門後探出一個半裸的男人。

「應該是搞錯了。我們一直都住這裡，你看，門外還有鞋子。」男人惺忪著睡眼，但不失溫文的態度。

是搞錯了，阿非心想。她尷尬地向那男人道歉，卻本能地猜想他的下半身應該也是赤裸的。她打擾了「他們」，一個全裸的男人和一個穿酒紅色細跟高跟鞋的女人。啊，真抱歉。她低下頭去，將鑰匙插入15樓之三的匙孔裡。

*

直擊玻璃之屋！Faye生活實況全錄

撰稿：余文非　攝影：猴子瑪麗　版面：陳風　編輯：小陶

新人氣女王Faye以及一手將她捧紅的「玻璃之屋」集團已經正式宣布，未來三個月內，Faye將跨足廣告、電影、唱片等多方面。日前與天星娛樂的簽約儀式中，Faye一反常態，將長髮梳直，一襲復古棉襖裝，據說出自香港服裝設計天王阿John的手筆，眼淚狀的水鑽和耳環，則是諾言唱片公司送給Faye的見面禮。Faye習慣性地皺起小巧的鼻頭，長長睫毛上的粉藍色系亮彩防水睫毛膏，是她所代言的最新產品。

出道半年，身爲「玻璃之屋」當家花旦的Faye，與經紀公司之間的關係可說是魚幫水，水幫魚。一年前，「玻璃之屋」在全省各城市重要百貨據點，斥資大手筆限級、限量地推出「裸女生活」不但引起社會輿論譁然，民眾爭先恐後，一票難求，更讓全裸女主角之一的Faye一夕成名。

當時，民眾必須買票進場，票價均一，但各時段可見表演不盡相同。在百貨公司的獨立樓層、獨立角落，「玻璃之屋」集團花費鉅資，將八十坪華屋的四面牆壁拆除，裝上透明玻璃，裡頭附有起居室、廚房、臥室、廁所、書房、人工庭院。身處玻璃之屋裡的女主角終日行走其間，全身赤裸，既是表演，也是生活。她們泰然自如地進食、如廁、睡臥、閱讀、聊天，在特殊時段，喬裝情人的男子或女子來訪，亦全身赤裸，他／她們便自在的交談、擁抱、做愛、歌唱。

由於有特殊秀的演出時間不定，還曾經有一批忠實的影迷，一看再看，就爲了等到傳說中的男女做愛，以及，女女做愛。「玻璃之屋」有鑑於此，順勢推出「一日透明」周遊券，持該通行證，可通行當日所有時段、所有據點的「玻璃之屋」。儘管票價高達多數民眾半月薪水所得，仍一券難求。

不過，相關單位經民眾檢舉，前往調查後查封多處表演場地。「玻璃之屋」集團立即宣布結束該項營業項目。但幾位重要主角皆轉往演藝界發展。其中聲名大漲、受矚目度最高的便是Faye。Faye初試啼聲便引來各方傳媒激賞。除了中低音音域收放自如，可三個八音的拔高唱法也爲她帶來「實力唱將」的稱讚。她本人更兼具詞曲創作的功力，整張大碟一手包辦，曲風多樣，詞意深刻，爲長久景氣低迷的唱片市場注入一劑強心針。除了爲多項產品廣告、代言，國際名導J.K新片《借來的時光》亦屬意由Faye擔綱女主角。

從前在「玻璃之屋」，Faye的一天，是攤展在眾目睽睽之下的，如今成了新人氣女王，經紀公司自然保護到家。本刊特地透過私人聯繫，專訪到Faye。

記者：請問妳今天一天的行程？

Faye：我早上和朋友去Wind Cafe吃早餐，十一點到唱片公司做一個媒體訪問，現在就是跟你們

吃午餐囉，下午兩點、三點、五點各有一個電視通告，至於今天晚上啊，我想，那是一個秘密。（笑）

記者：是和情人的密約嗎？

Faye：哎呀，是一個秘密嘛。

記者：唱片、廣告、拍戲，妳最喜歡哪一項？

Faye：我都喜歡呀。唱歌是我一直都喜歡的，小時候我住海邊，還跑去海裡對著大海練肺活量呢。演戲我也喜歡，一個人如果只有一個身分，妳不覺得太無聊了嗎？

記者：從前妳還在「玻璃之屋」時，媒體就對妳的表現讚不絕口，妳總是可以旁若無人，相當自在的演出，請問妳是怎麼做到的？

Faye：告訴妳一個小秘密喲，那個玻璃屋啊，其實外面看得到裡面，裡面看不到外面。（笑）既然是這樣的話，就當作是住在裡面就好了啊。一點也不會不自然。

記者：難道妳對於裸露不會感到彆扭或不舒服？

Faye：肉體，是我最喜歡的一件衣服喔。

*

假期的第一天，阿非反而提早起床了。她開著車在城市裡找一個視野最好的速食店，吃早餐。排在她前兩位的，赫然是那天裸著上半身、探出頭跟她說「應該是搞錯了」的男人。（現在，他們可是成了鄰居。）哇，阿非當記者多年的職業病馬上就來了，她的眼光循著他的背影離開，到落地窗的座位前，站定，看他把食物一樣一樣擺在桌上，桌旁，那個長髮慵懶、氣質高雅的女人，應該就是酒紅色細跟高跟鞋的擁有人吧。他們坐在一起吃飯的樣子，顯得那麼嫻雅、寧靜，隱約還散著微光，阿非都看怔了。

「小姐，請問妳要幾號餐？」工讀生明亮的聲音拉回她的視線。

最後，她拿著一份跟男人點的一樣的蜂蜜鬆餅，走到離他們最近的那個四人座位坐下。她想要竊聽一點什麼，但除了咖啡的甜度，薯餅的熱度，他們幾乎不交談。一直到早餐結束了，阿非尾隨他們的車子離開，方向向南，城市邊陲的山脈有幾朵雲短暫地停靠著。陽光很好的日子。車行十五分鐘，男人的座車開進了市區近郊的一所大學。

陽光從小葉欖仁的葉縫間篩下，阿非與他們隔著六棵樹的距離。然後，她看見酒紅色高跟鞋女人先行走進一間教師研究室，上面的名牌掛著她的名字：「程香枝」。門前，他們淡淡地道別。隨後，男人走進走廊盡頭的另一間教師研究室，他的名字是「夏永」。夏、永。阿非不出聲地讀著。

阿非一間一間小心地數算著，夏永和香枝的研究室之間，隔著十五個別人。

他們是夫妻嗎？或者，情人？或者……婚外情？

阿非站在夏永的研究室門口，眺望該棟大樓的奇異造型，像一個未來廣場，透明玻璃外是整個中庭，三三兩兩的學生走過，哎，好令人懷念的學生時代啊。冷不防地，一個很眼熟的人從眼前走過，阿非嚇了一跳，好一會兒，才想起，那不就是夏永嗎？趕緊跟在他身後，隨他走進另一棟大樓的其中一間教室。半圓形的教室裡，阿非混在一堆學生之中，抓緊機會好好地打量夏永，嗯，真是賞心悅目的男老師。而他居然是自己的鄰居呢。

夏永在講台上氣定神閒地講課，黑板上寫著Egon Schiele的名字，阿非猜想，大概是一堂類似「藝術與人生」或「現代藝術入門」之類的通識課吧。

不覺中，身分好似真的回到了從前。大學時代，她還記得，那時候好喜歡一個課堂上講解「西方文學史」的男老師。每次要上課之前，絕對不忘記把自己梳洗整齊乾淨，搽上清新柑橘調的嬰兒香水，新買的衣服第一次亮相也絕對要選在那堂課。……那真是癡情不返的年代啊。後來，聽說那個男老師搞同性戀，不過，這並無損於她對他的純真愛戀。

有一種愛，是單向的，只能出發，無須回答。

*

阿非在房裡，獨自一人。

午後的光線從落地窗外斜射進來，把房間照暖了。

阿非感覺，她住在一個有體溫的房間，到了夜裡，房間就像被整個世界拋棄了，變得異常冷酷。洗澡的時候，阿非走進浴室，忽然嗅聞到有人抽菸的味道，可是她並不抽菸，房間裡永遠點著一盞薰衣草香精燈，但味道從何而來？又隔了幾天，她聽見在牆壁裡彷彿有人交談，低低的耳語零碎似餅屑。又隔了幾天，她聞見沖洗衛浴設備專用的鹽酸味，啊，阿非終於察覺，是抽風機，當抽風機轉動時，把別戶人家的氣味和話語帶到這兒來了，儘管門關上了，鎖緊了，也無法拒絕的一種侵入。她忽然覺得傷悲，這仍然是一個雞犬相聞的世界，我們把自我的隱私透過一個窄隘的孔道，傳遞到別人家裡去。

因為這樣的緣故，她想起小時候看過的一本圖文書：如果，把整片大廈的牆壁都給卸下，樓層的縱剖面呈現，在一個時間裡，不同樓層的人們在做些什麼？

用餐。交談。孤獨。做愛。睡覺。看電視。

想像力貧乏了，她把書給闔上，並且想像在此一瞬間，多少畫面在一棟大樓裡同時發生？

什麼畫面，正在隔壁房間發生？

阿非想起這些日子以來，自己製造的，與夏永的幾次不期而遇：

在學校的二樓走廊上，他進男廁所，她進女廁所……在地下室的停車場，他先停好了車，她後停好了車，就在他的隔壁……在兩輛電梯的打開和關上之間，他走出電梯，她走進電梯，擦身……在他慣去的那間便利店，他買了一包菸，她埋首喬裝看雜誌，手上的標題恰恰是自己寫的那篇「直擊玻璃之屋！Faye生活實況全錄」，她覺得自己好像就在他點著菸的指尖燃燒……一夜，夏永獨自在燒臘店晚餐，他們背對背坐著，吃各自的飯，阿非的臉一直發紅發熱。

夏永曾經注意到她嗎？一個總是不期而遇的女人。

她的樣子，也會漸漸在他的暗房裡顯影嗎？

一個短髮的女生，穿著洗褪了色的藍牛仔褲，雜拼布的紫紅色毛衣，戴著一副黑框眼鏡，揹著一個中學生書包。阿非在鏡子裡看著自己的臉，看久了，像在電腦螢幕上重複凝視同一個字，竟覺得陌生。

*

假期的第十五天，阿非正式確定自己對隔壁房裡的男人，有一種奇異的迷戀。哈，什麼是迷戀呢？我們總是這樣問著自己。——在電視上看到那個男歌手邊抽菸邊把一首Swing唱完的酷表情？在街上遇見一個年輕男孩忽然笑起來的青春臉龐？快餐店裡互不相識但他細心地讓你一步的男生？雜誌社裡滿嘴權力且真的可以置你於死地的性感總編輯？螢幕上把頭梳得油亮並總是參加慢跑的政治偶像？烈日下靠勞力謀生且換來一身強健肉體的汗水藍領？

沒有定論地，阿非在無聊的假期裡，如同海中乞求一截浮木般，為自己尋找一個迷戀的目標物，我們都需要迷戀，迷戀使生活有重量，她想。

但迷戀使人悲傷，大量且廉價的悲傷，浮映在阿非的眼裡。假期以來，她夜夜失眠。那個叫香枝的女人此刻正在夏永的房間裡。她知道。她小心翼翼在房間裡把所有的聲音關掉，電話拔掉，等門外電梯打開，腳步聲傳過來，男人和女人交談的低分貝。她聽見隔壁的房門被打開，被鎖上，那鎖的聲音聽起來像拒絕。鉟的一聲，好響。

阿非恨這棟大廈的隔音太好。

夜了，隔壁房間裡也聽不出有什麼動靜，聽不出悲喜，聽不出歡愛，聽不出男女，像一間空房。但它明明有人。

阿非站在走廊上，凝神注視著那一雙酒紅色細跟高跟鞋，良久，最後，她終於忍不住把自己的腳，放進那雙鞋中試穿。隨後，嘴上淡淡地浮現了一抹笑——那女人的腳比阿非的大。奇異的勝利感浮出，那一夜，阿非在自己的靛藍色暖被裡，睡了個好覺。

「我愛上了一個男人，但他目前並非單身。」秘密的萌芽像一根隱形且輕的羽毛，搔著阿非的喉嚨：不能說出的愛，不能被注視，也就失去了悲劇性。她決定跟雜誌社裡交情最好的攝影師猴子瑪麗說，猴子瑪麗是一個 Lesbian，她只是聽著，很少給什麼意見。

但這就夠了。秘密因為分享，而有了重量。

有些事得自己來。阿非已經受夠了每天猜測揣摩夏永與香枝戀情如何發展的無聊尺度。在決定租下房子之前，她特別注意到，這一間房，和隔壁房間的陽台，只隔了四個掌心的寬度。每每當她站在陽台上，洗衣服、晾衣服、眺望遠方，總不小心就可以順便看到隔壁陽台的風景：乾乾淨淨的一排武竹矮矮地綠著。一台洗衣機，一條不長不短的綠色晾衣繩。有時，是男人的內衣褲，有時，是男人的襯衫，從沒有出現過女人的衣物。再要往裡面覷，一扇落地窗後的垂地窗簾就遮蔽了她的視線。

阿非不知道該再想些什麼，一個全裸的男人和一個全裸的女人？做愛做愛做愛做愛？不做愛的時候，他們也交談嗎？像某些翻譯小說裡面的主角，心靈沒有斷橋般交談著，彼此把對方的話尾巧妙漂亮地接了過去，因此，產生了性的電波，滋滋滋滋，他們不那麼直接地把衣服脫掉，甚且也不調情，因為咖啡因的作祟，才不得已在一個陽光溫暖西曬的午後，進入了彼此的身體？

可是，不對呀，女人怎麼會走進了男人的房間呢？

故事的線索再度受到折磨。

＊

阿非開始習慣在晚上睡覺前，對著雙人床上的枕頭說：「夏永，晚安。」天亮之際，在音樂聲中醒來，有時是Cleo Laine，有時是Stan Getz，她一樣好深情地對著枕頭說：「夏永，早安。」有時看電視上的ＭＴＶ會流淚。有時也會忽然對著鏡子裡的自己說：「我……好可愛喔。」最脆弱的夜裡，她吃完了巧克力餅乾，喝完了最後一包熱可可，用很低很低的音量，抱著枕頭說：「I Love You」。

＊

上了第四次的「藝術與人生」之後，阿非成功地從鄰座的女同學口中問出，夏永已婚，沒有孩子。程香枝也已婚，育有一子。她呆呆地望著夏永，想像他把臉埋在香枝胸脯的模樣，同時，也想像香枝偎靠在他胸膛的模樣。想像他們兩人的研究室之間雖然隔了十五個人，卻有一條透明且纏綿的線，圈住了彼此。

她感覺嫉妒。

回到家裡，手中的電視遙控器無意識地轉換頻道，忽然發現其中一台是整棟大樓的各個切面。地下室。信箱中廊。電梯內。大門口。整整齊齊十六個方格，接收著人們在這棟大廈公領域的移動。阿非最喜歡的一格，是電梯內的人。人們往往忽略電梯裡的監視器，對著鏡子鬼臉，或有男女親膩地擁抱，或面無表情等待自己的樓層。

阿非仔細地研究過，當夏永和香枝出現在畫面裡，他們一前一後地站著，不那麼像情人，倒更像同事。但阿非把它解釋成「壓抑」，人前的壓抑不過是加溫了私下的火熱情欲。阿非自己製作了一個表格，記錄夏永和香枝在家與不在家的時間。經統計分析之後發現，夏永每週至少會有兩天不回這間公寓。

整整兩天的時間。

四個掌心的距離。

阿非在夜裡風涼的陽台上遲疑，大量的遲疑，最後決定付諸行動。她將洗衣機搬到與陽台圍欄邊緣切齊的地方，以一個矮凳作為墊腳，然後，在兩戶的陽台之間架上大賣場買來的洗衣板，確定洗衣板不會滑動之後，她爬了上去。緊貼著大廈的外牆，夜晚的風吹過她的腳趾頭，涼涼的，她摒住了呼吸不往下看，十五層樓的高度，一步、兩步、三步，嘿，她抵達了。

夏永的陽台。

跳到陽台上，阿非已一身冷汗。事不宜遲，她蹲低了身子，輕輕拉開了落地窗外的紗窗，並祈禱夏永粗心大意忘了閂門。哎，不動。門不會動。阿非徒勞無功地呆坐在地上，半掩的窗簾裡，隱約可以看見一組床，一個書櫃，一個矮的咖啡桌。因為被置放在暗處，看得並不真切。唯一可以確定的事是，兩個房間的設計是對稱的。然而，阿非身上釋放出來的迷戀卻是不對稱的。她坐在地上，抬頭望向天空，沒有星星的夜裡，雲朵白得很無辜，她的迷戀是不對稱的，這個事實令她即刻枯萎。

*

初戀情人阿飛忽然要求見個面。

阿非與他約在城裡最高的咖啡館見面。有時，需要一些不同的高度，才能把這世界看得更清楚。

這些年，阿非一直想知道他過得怎麼樣？揹著書包翹課走過芒草還有稻田的往事已經漸漸模糊了，她還記得他寫詩，他為她寫了一些詩，夾在數學課本裡，上課時解悶用的。阿飛那時很瘦，總養不胖，偶爾也可以感覺到他的偏執。她每天上學時從家裡偷一些零食啊肉鬆啊水果之類的，塞在阿飛的書包裡，有一天，阿飛突然把一顆柳丁扔向牆壁，對著她怒喊：

「媽的，妳當我領救濟金啊！」

沒這回事，我沒有這樣的意思。阿非破破碎碎地說著。她那時還不明白，愛情會使人扭曲，成為一種自己也不喜歡的樣子。愛情使人彆扭，拿自以為是的自尊去傷害愛你的人。那時她還很笨，笨到著急著想要解釋，想把話說清楚，但是字眼從嘴巴裡吐出來卻又狡猾地逃開，她笨拙地想要抓住一些關鍵字，一種討好的語氣，但她後來只曉得哭。

上數學課時把他寫的詩一行一行塗掉。塗得黑黑的。好像所有的感覺都可以一筆勾銷。

阿飛沒再找她。她也拗著性子不說、不挽回。

上了大學之後，就只剩低溫的耳語了。

她聽說，那個才氣很高的阿飛啊，還真的認真地寫了一兩年的詩，後來，課也上得零零落落，在同學們眼中簡直成了個怪人。後來，勉強修了教育學程，考上一間國中教國文，沒想到又迸出了對女同事性騷擾的醜聞。

又過了這幾年，他會變成怎麼樣？

一種奇異的鄉愁瞬間捕獲了阿非，她突然想伸手去撿當年那顆柳丁，都是柳丁的錯！如果不是那顆柳丁，他們或許會是幸福的……。

但阿非終究沒有機會知道，是不是柳丁的錯。

那一天，阿飛失約了。

*

每天，阿非把信件丟進夏永信箱的剎那，覺得自己不對稱的迷戀有了彌補。世界，不再因愛而傾斜。

*

你跟她一起去的那間餐廳，有兩個假的溫泉瀑布，牛排不是很好吃，提拉米蘇還可以。不過，你在她左肩留下的吻我一直都記得。這又是一個失眠的夜。

你跟她在電話鈴響後碰頭，你們的身影一直走過整個校園的草原，空氣中有一種獨特的草香，剛剛下過雨的緣故吧。我知道你們爲了避嫌所以一人一輛車，但她中途就把車拋下，坐上了你的車，我看見你們成雙的身影，像不能被拆開的字句，少了一個音節，就發不了聲。我發不了聲，這又是一個失眠的夜。

你跟她在褪去衣服之後，你以濕潤的舌尖舔濕她的乳尖，她低低地回應你了。你並且要求她給你最確定的答覆。「喜歡這裡嗎？」你的吻降落在正確的位置，「喜歡。」她回答著。你一路向下，把她的身體當成一趟旅行，這是一種古老的出發，從第一次的試探就開始了。「喜歡這裡嗎？」你又問了一次。在她另一張唇邊。她無法回答。這又是一個失眠的夜。

你跟她去了海邊，CD重複播放第三首歌，你們不遠不近地走在沒有樹的海灘上，遠方有人在招魂，曾經有什麼在這裡死去的，此刻也會在愛裡新生。最黑暗的一處，你們終於握住彼此的手，確定你們是相愛的，令我感到無比悲哀，這又是一個失眠的夜。

你跟她進了電影院，我在你們的左後方看見，情節高潮的時候她左臉流下的淚水，你溫柔地遞過一方手帕。這個世界上還有多少使用手帕的男人呢？彷彿有香味自我鼻尖飄過，一個舊的時代重現，爲夜晚增添了幾絲暖意。電影之後，你們照例來一點宵夜，她吃得不多，你體貼地善後。我冷冷地旁觀這一切，這又是一個失眠的夜。

你跟她今天不見面，因爲她先到了機場，搭飛機回家了。你因此獨自一人，守身如玉，只對書店裡收銀機的小姐微笑與道謝。你買的那本書我後來也買了一本，你買的詩集我早就有了，但爲了你，我又買了一本。我並未對收銀機的小姐微笑與道謝。但我購買與你相同口味的熱咖啡與果醬。這樣就夠了，我不斷地告訴自己，或許是輸入的次數太多，這又是一個失眠的夜。

＊

阿非上癮了一般，跟蹤著夏永和香枝。

她把自己當成一個隱形的第三者。情婦的臉有千百種，但她的表情對方看不見。她的髮型對方看不見。她的彩妝對方看不見。她的衣服對方看不見。百分之五十接近跟一個盲人談戀愛。

彷彿在誌記一些老朋友的習慣般，她誌記了夏永的幾項特徵。

上課時會有特定的學生為他端來熱咖啡，平時喝沛綠雅或礦泉水。衣服顏色偏愛藍、綠、黑，正式之中帶著一點休閒。最常去的餐廳是日本料理店、義大利麵店、速食店。用餐時等對方的食物來了才開動。使用髮膠。有兩副造型不同的眼鏡。去同一家加油站加油。不訂報。抽菸，一種奇怪的牌子，希臘菸，BF。每週六、日回另一個家。從不開伙。兩雙鞋，一雙BALLY，一雙Clark。習慣微笑及道謝。偶爾去海邊，走很長的沙灘，散步。

這些點滴的片段，足夠阿非反芻，在失眠的夜裡，把零星的形象拼成完整的夏永。她於是提筆書寫，像一封一封，呢喃自語的情書。

然後，把這些隻字片語，像惡作劇的心情，又像是真的希望他讀懂地，丟進了夏永的信箱裡。

那麼，究竟，女人怎麼會走進了男人的房間呢？

那天她又躲在香枝的研究室附近，裡頭明顯地傳出了男女爭執的聲音。阿非懷抱著一絲絲緊張、好奇等著，在一陣杯盤碎裂聲後，他看見一個男人奪門而出，原以為是夏永，結果不是。一個陌生但魁偉的男人，情緒激動地步出，但看起來對環境不夠熟悉，頓時失去目標地找著方向。阿非假裝剛好走過，飛快瞥了一眼研究室內，香枝伏在桌上哭泣。遠處，阿非看見夏永的研究室門口，好像有一個小小的人頭探出來，隨即又消失。

那一夜，香枝沒有去夏永那兒，阿非第一次在星光下看見夏永站在陽台上抽菸。他們隔得那麼近，一個陽台和四個掌心的距離。阿非掙扎猶豫了好久，該不該推開落地窗，佯裝自然地跟夏永說聲嗨，我剛搬來啊，第一次看見你，真是巧啊，對啊，因為我在雜誌社工作所以時間不固定所以不常見到我，對啊我搬來兩個多月了，咦你抽這個什麼菸好特別喲，哦你在大學教書啊？現在的小朋友不好教吧？你結婚了嗎？有沒有孩子了？喔我還沒啦，談過幾次戀愛可是都無疾而終。我很喜歡「無疾而終」這個成語唷，沒有生病就結束了，很乾淨的感覺。對了我很會煮咖啡，你有空也來我這裡坐坐，「敦親睦鄰」嘛！

但阿非沒有推開門，她靜靜地坐在落地窗內發抖，看夏永把一根菸抽完了，她覺得自己好像就在他點著菸的指尖燃燒。然後，夏永輕輕地彈出了菸蒂，星星似地一點劃過了高樓外的夜空。

*

夜裡，阿非餓著肚子不想出門，窗外已經黑了，還沒有吃第一餐。

晚餐時間多半電視頻道裡是娛樂新聞，滿溢出來的娛樂新聞，但她一點也不覺得快樂。百無聊賴的人生啊。三個月長假就要結束了，還要再回那樣的環境出生入死嗎？忍受隨身攜帶的胃痛，保持高度緊繃的神經，問一些言不由衷的問題，把購買雜誌的大眾當白癡，寫三分之二的「正義感」與三分之一的羶色腥，且封面標題絕對要夠煽情？她真的、真的不知道。

忽然，電視畫面上出現了Faye的身影。這三個月內，她身勢不墜，廣告、電影、唱片，台港兩地都看得見她的身影。鏡頭照著她在機場出海關的畫面，她紅唇微嘟，長腿秀麗，一襲最新的春裝外頭罩著長擺咖啡色皮衣，看起來，真有點國際級明星的架勢了。記者蜂擁而上，這兩天的頭條是Faye與她拍片的國際名導J.K爆出緋聞，並意外傳出有一名同片的女星阿June鬧自殺。至今，媒體仍眾說紛紜，有人說這是一樁三角戀情，J.K並且揹負著婚外情的壓力；有人說阿June才是J.K的新歡，Faye另有一個秘密戀人……。

阿非突然想起，做完Faye採訪的那一天，猴子瑪麗在Pub裡喝個爛醉，她說：Faye是我的，是我的！我愛她、她也愛我的啊。她抓住了阿非的袖子，斷斷續續地問著：「妳告訴我，她是愛我的，她是愛我的……。」阿非的袖子上都是她的眼淚。

我們都需要迷戀，迷戀使生活有重量，她想。

但她會不會有一天，在街上，在停車場，在電梯門打開的瞬間，在兩人比鄰的門口與夏永相遇，一如往常地錯身而過之前，她忽然不願意只有這樣的接觸，於是，伸手去拉住夏永的袖子，對他說：「我告訴你，我是愛你的，我一直都是愛你的啊……。」

好像，太荒謬了？

阿非意興闌珊地關上了電視。

屋子裡，突然出現一種前所未有的安靜。她有些恐懼這種突如其來的安靜，像深淵前的嘎然止步，像磅礡交響的神秘消音，像一個故事開始敘述前的暗示性線索。她想躲開那安靜，拎了鑰匙，搭電梯到樓下去丟垃圾。

上樓之前，她順道去中廊信箱前，看看是否有自己的信。

幾紙廣告信函、一張信用卡帳單，以及一封沒有署名的，素面牛皮紙的小方型紙袋，摸起來厚厚一疊，鼓脹著，像堆積成落、削得薄薄的時光。她不假思索地把紙袋拆開，拿出內含物，果真是一疊厚厚的照片。然後，沒有預警地，她看見照片中的自己。背景正是她現在所站立的中廊——時間不一的陽光或夜景，一張張的她，把剛寫好的情書，丟擲進夏永信箱的剎那。

她站在中廊，拿著一疊自己的照片，一張張仔細地看了起來，就像連環漫畫一樣，阿非讀著自己臉上表情的差異，服裝的差異，那天是否上妝？髮型是否凌亂？有幾幀因為光線過暗，照片中的她，讀來只像一抹飄忽的影子。

忽然，沒來由的一陣暈眩，她手中的照片落了一地。

正要伸手去撿，卻看見悲傷如同夜裡沉默的雪，靜靜地，覆滿了她的雙眼。

作者簡介

孫梓評，一九七六年生於高雄。

東吳大學中文系畢業，現就讀於東華大學創作與英語文學研究所。著有詩集《如果敵人來了》、散文集《甜鋼琴》、軍旅劄記《綠色遊牧民族》、短篇小說《星星遊樂場》、長篇小說《男身》、《傷心童話》。

關於創作

終於，藉由小說的敘述，可以在同一時間，於許多不同的地方，做許多人。

這是書寫者與閱讀者共同編輯的夢，也是尖銳逼人的現實中，唯一具有趣味性的逃脫。

計畫

陳香吟

洗完手，柯儀馨對著鏡子，撥了撥頭髮，鏡中的自己與不遠處那張年輕女孩的臉部分重疊。拿出粉色口紅，仔細規劃輪廓。依她教書幾年的經驗，第一次上課是與學生建立友好的關鍵。練習一下最迷人的微笑方式，眨了眨眼睛，覺得滿意後便走回辦公室。瞄一眼桌曆上安排好的進度，今天要訂下常規，並記住學生的名字，更重要的是讓學生對她「一見鍾情」。

「儀馨，妳這件紅色皮褲在哪兒買的啊？很酷耶⋯」坐柯儀馨對面的蘇雅菁一臉羨慕。「暑假去香港買的⋯我帶了不少特別的款式回來喔⋯好好搭配的話，可以讓學生每天眼睛為之一亮⋯」蘇雅菁斜睨她一眼：「哎唷，原來妳每天打扮得美美的是為了學生啊⋯妳這樣穿，校長會不會有意見？」「在這兒兩年，

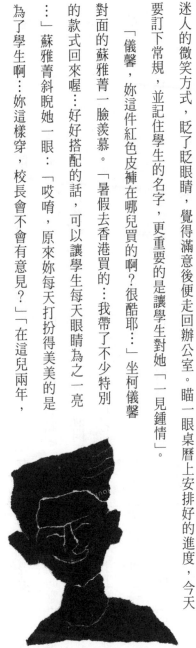

她該習慣了吧?!我已經配合她，不穿超短迷你裙和細肩帶小可愛了。」蘇雅菁靠過來小聲地說：「校長就是對妳有心結⋯哪有帶到國二不繼續帶國三啊?妳可得小心點⋯」「我知道⋯沒照她的意思規定學生早上七點來學校考試，堅持藝能科要正常上課，連班會都按時開呢⋯難怪她不喜歡我囉⋯」蘇雅菁點點頭：「也好，帶畢業班壓力大又累，不適合妳這樣美美的老師！」「那去年學生不上寒假輔導課的事她是不是也把帳算到我頭上？」蘇雅菁聳聳肩：「我看八、九不離十。雖然很多班級這麼做，但妳是第一個發起人啊⋯」「寒假那麼短，讓學生快快樂樂過年有什麼不好？」蘇雅菁回應：「妳又不是不知道，校長最重視升學率了，跟她的名聲有關哪⋯不管快不快樂，她覺得老師就該犧牲自己、奉獻時間陪學生考上明星高中⋯」柯儀馨無奈地說：「是啊⋯只要不配合變相加班的老師就被說成沒有教育熱忱⋯」蘇雅菁正要接話，就看見黃俊富走過來：「嘿！俊富老師怎麼有空上來啊？」

柯儀馨轉過頭：「我們班的數學就麻煩你了⋯」「姑娘言重了，在下有機會教到貴班略盡棉薄之力，真是三生有幸⋯」黃俊富抱拳行禮、自以為是古人的樣子讓柯儀馨和蘇雅菁笑了起來。蘇雅菁拍了一下黃俊富的肩膀說：「幹嘛?古裝片看太多啦?儀馨，妳們班想用什麼方式上數學課儘管跟他講，別讓他閒著看無聊的電視。」「好，那規定你每天上課講個有創意的笑話，不能每天考試，還有不能打學生…」黃俊富高興地說：「那我不就每天要看『電視笑話冠軍』來找靈感啦？沒問題！嘿嘿，總算有正當理由跟我老婆說要看電視囉！我答應妳不打學生，但妳也要交代學生不准打我喔…」大家都笑了起來，柯儀馨暗自替學生高興，他們可以愉快地學數學。音樂鐘響，柯儀馨拿起課本和手提音響往教室走。隔壁班老師已經開始上課，透過些許蒙塵的窗戶，她瞥見每張表情黯淡、看著黑板的臉。「何必這樣嚴肅？」她心想。剛開學，學生一定沒有心情上課，但老師之間流傳著「先嚴後鬆，帶班輕鬆」的話，因此前幾堂課多半用來「下馬威」。有的老師安排考試，美其名要測試學生程度，事實是老師還沒從漫長暑假回神，最輕鬆的方式就是讓學生寫考卷。綽約身影映照在方方正正的窗格上，她滿臉笑容地走進教室。

將手提音響放在講桌，她嫣然一笑掃視全場，跟每一雙眼睛交換了個友善的訊息，用她自信甜美的聲音說：「Good morning, everyone. I'm your English teacher, Miss Ke.」按下play，中文翻譯從錄音機發散出去：「大家好，我是柯儀馨，你們的英文老師。」按下pause，柯儀馨接著說：「Today is our first English class. I'd like you to introduce yourself in English.」再按pause：「今天是第一堂英文課，希望你們用英文自我介紹唷…」學生馬上發出「啊」的驚叫聲。「Don't worry. It’s easy. You have to learn some words first.」「別擔心，英文很容易。你們先學會幾個單字。」音響成了翻譯機，與她一中一英交替著。柯儀馨轉身把句子寫在黑板：Hello! My name is XXX.（你的名字，中英文皆可）「Look at my mouth and listen carefully.」她指著黑板上的單字，仔細而清楚地發出每個音，唸到is之後，她真的唸「擦擦擦」而把學生逗笑了。「It’s easy, right? Now repeat after me. Hello! My name is擦擦擦.」柯儀馨在學生座位間的走道穿梭，指著學生要他們跟著大聲唸，兩手像指揮交響樂團般舞動。學過英文了解意思的就配合著唸，但她不滿意：「Come on! Repeat loudly! Again. My name is擦擦擦.」其他學生也懂了，就跟著唸，唸到擦擦擦的時候最大聲，也最興奮。柯儀馨要他們多唸幾次並注意閉嘴巴的[m]音，她指著黑板唸[nem]，為了強調嘴型還嘟起飽滿的唇給學生一個飛吻。「OK, again.」她手一揮，學生就知道意思，一起唸出句子，柯儀馨唸「擦擦擦」，然後比一下句子，學生就唸「Hello! My name is XXX.」；她唸「mmm」，學生會唸「Hello! My name is mmm.」。接著她考驗學生反應唸「PPP」，學生也識趣地唸「Hello! My name is PPP.」她很開心地豎起大拇指稱讚學生一番：「Good! Good! You’re the best.」她走上講台對著大家說：「Hello! My name is柯儀馨.」講完下台，拉台下坐第一排第一個學生上去自我介紹。剛開始學生靦腆聲音很小，她搖頭說「NO」不讓學生下台，學生只好不斷重複句子直到柯儀馨說「Yes」。就這樣輪流上台，學生都盡量一次OK免得站在台上丟臉，她還要求坐台下同學大聲替別人鼓掌。全班輪完後柯儀馨開心地說：「你們好棒！每個人都講得好好唷⋯」「咦？老師你會講中文喔？」「當然會啊！只是故意製造機會讓你們多聽英文。以後上課每個人都要開口說英文喔⋯說得跟今天一樣好就行了！」然後她開始說明這學期的上課方式和要求，學生都很專心的聽。

一下課，隔壁班的王美萍迫不及待跑來找小學死黨：「你們導師好漂亮喔！」簡永祥回答：「是啊！上課很有趣⋯」趙淑香搶著接話：「穿紅色皮褲耶⋯她擦的指甲油有亮片！還擦好聞的香水，你們有沒有聞到？」蔡政銘：「有啊有啊，看在老師的份上，我一定好好學英文。」王美萍：「以前國小老師都沒有這樣打扮⋯」趙淑香：「拜託，妳說那個聳聳的級任老師喔？算了吧，年紀一大把的歐巴桑怎麼打扮都沒用啦！」簡永祥繼續說：「老師還說她不打人⋯」王美萍打斷他：「真的呀？很少國中老師不打人耶，真希望繼續跟你們同班⋯」蔡政銘：「嘿嘿，妳沒這個福氣。」

辦公室裡，楊校長穿著合身的鵝黃套裝，正在跟胡曉玲聊天：「胡老師，妳剛帶完畢業班應該讓妳休息一年當專任，真謝謝妳願意接一年級導師…」胡曉玲客氣地回答：「校長別這麼說，我能幫的盡量幫…」楊校長滿臉笑意：「妳之前帶的畢業班考得很不錯，全校二十五個學生考上第一志願，妳們班就佔了十個，妳的功勞很大…」胡曉玲謙虛地說：「我只是從旁輔導而已…校長的認真大家有目共睹，辛苦的是妳呀…」楊校長嘆了口氣：「要是每個老師都像妳這樣願意認真付出就好了。還不是為了學生?我用盡各種方法把他們送上最好的高中，希望在我任期內可以讓升學率達到全縣第一…」看到柯儀馨進辦公室，楊校長顯得很熱情：「柯老師，新班級的學生怎麼樣?妳年紀輕容易跟學生打成一片，所以又讓妳帶一年級，不介意吧?」柯儀馨堆著笑臉回答：「是啊…年紀輕的比較好…」楊校長掛著笑容說：「多跟胡老師聊聊，她有很多帶班招數可以學呢…」

楊校長離開後，柯儀馨跟胡曉玲聊了起來：「胡老師，妳做事很認真喔…好像每天都忙到很晚…」胡曉玲回答：「沒有啦…平常七、八點就走了，最晚不超過九點。」「妳回家之後還要做家事嗎?」「嗯，我先生或小孩會幫忙分擔…」「校長呢?我看她也很晚下班…」「她留下來盯國三學生，順便留意導師狀況。很多老師不願意帶國三，因為校長都留下來了，導師總不能不義務留校，但升學率就這樣好起來了…」柯儀馨心想：難怪有的老師把小孩接來學校，不知道哪天連老公也要帶來一家團聚呢。她很不喜歡完全被工作佔據的生活，不希望未來像楊校長或胡曉玲奉獻給升學制度。教育是巨大的鑄造場，統一製造出「老師」的模型，然後分派到各地複製出一個個規格差不多的學生，不合規格的產品會被教育市場淘汰。另外層層篩濾、挑選出聽話乖巧的模型為鑄造廠服務，以製造更多好用的模型。老師必須積極進取、努力向上，不能讓學生發現老師跟他們一樣常常心情沮喪、對人生充滿疑惑。如果燈塔不知道如何發光，或是找不到該站的地方，那船隻要如何找到方向靠岸呢？所以當了老師就要做個稱職的燈塔。柯儀馨相信「愛」的教育：只要讓學生喜歡她，最好愛上她，愛情會使人內心產生向上的動力，不必依賴外在行為的獎懲與壓迫。如此一來上學讀書就不再是苦差事，她也不需逼迫甚至體罰學生。若是模型快要扭曲變形，她會找朋友到pub瘋狂跳一夜舞——唯有這樣才能甩掉變形因子，繼續當燈塔指引迷途。

林逸軒一進教室，何榮賢就跟他說：「大仔，昨天你沒來真可惜⋯⋯這學期換一個漂亮老師來教英文。」林逸軒把堆在桌上的教科書塞進抽屜裡：「是嗎？通常漂亮的老師都很機車⋯⋯」「她還好，不像之前那個，剛上課就一大堆規定⋯⋯」林逸軒心不在焉地應著：「嗯⋯⋯」拿完東西起身準備離開，何榮賢提醒他：「ㄟ，留下來啦⋯導仔在找你，頭一天就沒來他很不爽⋯」「好啦好啦，今天給他面子，留下來睡覺好了。」看到柯儀馨進來，原本是留下補眠的林逸軒精神突然好起來，吹了一聲口哨。穿著紅色針織上衣配上褐色皮裙和黑色長統靴的柯儀馨，看起來像是從電視走下來的明星。明星早習慣有人吹口哨示好，她看了一下聲音來源：「林逸軒同學，你的口哨聲如果是為了昨天沒來而跟我道歉的話，我接受你的道歉；如果是因為你想上廁所，那請你快去快回，不可以尿遁喔⋯」全班大笑。「老師妳注意我很久了啊？不然怎麼知道我的名字？」柯儀馨微笑地說：「是啊，我注意你三年了，一日不見如隔三秋。昨天只有你一個人沒來上課，我以為班上有體弱多病的學生，正想去你家探望⋯不過你看起來很健康的樣子，不像生病耶⋯」林逸軒：「老師妳不要來我家⋯妳的課我一定來上！」「打勾勾！」柯儀馨伸出右手：「怎麼，不敢啊？」林逸軒遲疑一下：「誰說我不敢？」馬上跟柯儀馨打勾蓋章，發覺她的手跟其他女生一樣冷。林逸軒整節課認真地看著她、聽她講課。這段插曲讓早上第一堂課有個好的開始，而且老師教的是NBA籃球賽相關用語和流行歌曲歌詞，沒人捨得打瞌睡。

下課時間柯儀馨的辦公桌經常擠滿來背英文的男男女女，她總是親切和藹地跟他們用英文聊天，幾個認真的學生固定每天都來，林逸軒也是其中之一。他國一常翹課，書隨便唸唸還能維持中等程度，是相當聰明的學生。跟柯儀馨打勾蓋章後每堂英文課都很用心，班上同學明顯察覺到他的轉變，何榮賢就常常虧他是被英文老師「煞到」。在上課用肢體、課後用言語「愛」的教育下，學生都很喜歡英文，更喜歡英文老師。隔壁的羅芸華羨慕地說：「妳魅力真大，學生會主動來背英文，不像我的學生三催四請、有時候還要罵罵人他們才會來呢！」蘇雅菁故意酸溜溜地說：「是啊，學生都唸英文去了，沒人要唸國文囉…」柯儀馨說：「妳們被學生的樣子騙了啦…他們聽跟說還不錯，讀和寫都不行，尤其不會寫考卷…」羅芸華說：「可是他們對英文感興趣啊，這很難得…」柯儀馨嘆一口氣：「其實也不知道是幫他們還是害他們，畢竟現在以筆試為主，這樣做很冒險…」蘇雅菁勸她說：「想個兩全其美的辦法吧…」柯儀馨不打學生，也不想逼他們唸書，學生被會打人的老師一逼，多半把有限的時間拿去唸別科，英文成績表現平平，但她還是堅持自己的計畫。

有一次上完英文課林逸軒將手提音響送回辦公室，那原本是英文小老師該做的事。他趁機問柯儀馨：「老師，下課時間人太多…可以午休來找妳背英文嗎？」「不行，中午我要休息。放學後吧！」「喔。」沒多久英文小老師孫麗鈺走進來：「老師，林逸軒叫我以後不用來拿音響，他說要幫我拿…」

「喔，他這麼熱心啊…那就讓他拿吧…」孫麗鈺拿出一張紙雕卡片說：「老師…這個送給妳。」「哇，這麼精緻…妳自己做的嗎？」孫麗鈺說：「嗯，親手做的比較特別，獨一無二喔！」柯儀馨很欣賞她的貼心，用甜美的笑容回應：「謝謝囉…段考後找一天請妳和其他班的小老師喝飲料…」

放學後柯儀馨在座位上改作業。「老師妳在等我？」林逸軒突然出聲音讓柯儀馨嚇了一跳。「哎呀，差點被你嚇昏！」「沒關係，我會人工呼吸。」林逸軒接得很自然，倒讓柯儀馨尷尬了一下，趕緊轉移話題。「好啦，開始背書吧！我一邊改作業一邊聽。」「老師我是要問妳英文…」林逸軒從書包拿出一份英文報紙。柯儀馨很訝異地看著他：「你會看英文報紙喔？」林逸軒搖搖頭說：「我看不懂所以想問老師怎麼讀…報紙是剛剛去買的。」柯儀馨問：「你怎麼會想讀英文報紙？」林逸軒眼神閃爍地說：「我對英文有興趣，想多學一點…」柯儀馨就教他怎麼讀標題、怎麼抓重點、怎麼分析句子，林逸軒吐了一下舌頭：「這麼難！」「所以要多查字典，就像認識一個新朋友，多見幾次面就熟了。」「那我每天來唸給妳聽好不好？」柯儀馨看著他說：「可以啊！」「老師，我剛上國中時很不喜歡唸書…雖然我國小成績不錯。」林逸軒提以前的事，柯儀馨就跟他聊起來：「為什麼呢？」「因為國中的課很無聊！整天考試比成績，我不喜歡，就乾脆不唸書。」「那時不唸書在幹嘛？」「四處晃啊，撞球、看漫畫、打電動，很多有趣的事可以做…我最喜歡做的事是談戀愛。」「談戀愛？」「是啊，戀愛可以自己選對象，自己計畫怎麼把她追到手，別人無法干涉。」「你常被干涉嗎？」林逸軒用力點頭說：「我爸是老師，從小安排我上才藝班學這學那的，連交朋友都要干涉…」「原來你多才多藝唷…你不喜歡才藝班嗎？」「不是不喜歡，是不喜歡被放在他的『教育計畫』裡。」柯儀馨想到自己的父母：「父母都喜歡替孩子安排…」「最討厭的是要我來讀這間國中，說是為了我的將來。拜託，現在就受不了了還說將來…」「所以你不喜歡上學囉？」「現在還好，因為妳跟別的老師不一樣。」「你開始唸書是因為我嗎？」柯儀馨問得很直接，林逸軒不迴避她的眼光：「嗯。」柯儀馨打趣地說：「那我壓力很大喔…下次看到你不唸書我就知道自己該改進了！」「老師放心，我很喜歡妳…妳的課。」她看了他一眼：「今天跟你聊得很高興，但時間不早了，該回家囉…」林逸軒收好英文報紙：「喔…老師掰掰。」看著林逸軒離去的背影，柯儀馨心中浮現一個人。

開車回家路上，柯儀馨想著林逸軒說的話：不喜歡被安排在計畫裡。「我也是啊…所以我都自己計畫。」她國中時曾計畫如何反擊別人的安排，後來才慢慢學會把別人納入自己的計畫中。「真是早熟的小孩…」洗完澡後她看著鏡子對自己說：「眼神很像，氣質也像。他以前就是這樣的吧？」林逸軒勾起她曾經故意遺忘的過去，前男友周正堂的影像越來越明晰。她拿出陳珊妮「當壞人還沒變壞」專輯，跟著音樂輕輕哼唱起來。回想他們第一次正式約會，在女巫店聽陳珊妮Live演唱。第一次聽現場的band和歌手唱還沒灌錄的歌，歌詞還是手寫影印的，令人印象深刻。她跟周正堂分手半年後，唱片公司將那晚現場收音製成CD販售，柯儀馨一看到這片CD立刻買回家，重複回想當晚場景，直到聽音樂能不流淚為止。為了進行「愛」的教育，她計畫談一場轟轟烈烈的戀愛。周正堂完全符合她對初戀對象的設定，看第一眼就知道是他——他胸口有她要的缺角。時間太長就無法轟轟烈烈，最恰當的時間是半年，一開始她就設定好戀情結束的時間。細心浪漫又有才華，周正堂表現得比柯儀馨的計畫還好，常常給她驚喜。三個月後他接了另一齣戲，這個「驚喜」讓她傷心得不知如何是好。她安慰自己說，只是找男主角練習愛情而已。牆上那幅周正堂送的海報背景昏暗，太陽似昇若降，泅泳的海豚跟人的世界距離遙遠。柯儀馨任由淚沿著面頰滴落。距離結束還有兩個多月，她堅持完成計畫，假裝沒事繼續跟周正堂交往。她寫日記記錄有關他的點點滴滴，在記事本計畫約會的時間和打電話的頻率。為了多了解「愛」，她任由自己的情感陷溺，而且每次見面都抵擋不住身體的誘惑，但這不在原本計畫之內。她很迷惑，越迷惑想弄清楚就越無法自拔。計畫裡完美的愛情變成痛苦的磨難，又不甘願就這樣結束，被朋友罵醒才在第五個月終止計畫。她將沉重的靈魂寄放在他那裡，從此便輕盈起來。

柯儀馨對林逸軒的感覺開始不同，也感覺到林逸軒對她過度好奇與關心。他還是每天來練英文，但開始問東問西：「老師，妳喜歡喝咖啡喔？」他看到柯儀馨桌上有一杯咖啡；「老師妳用GD92的手機喔？很貴耶……」他看到柯儀馨的手機；「老師，妳這個筆筒好可愛，是不是男朋友送的？」他指著桌上的筆筒問。柯儀馨在心裡說：旁邊掛的那隻海豚才是，但嘴上回答：「不是，我沒有男朋友。」「老師這麼漂亮怎麼可能沒有男朋友？」柯儀馨笑著說：「有沒有男朋友跟漂不漂亮沒關係好不好？ㄟ，你該回教室囉！」「我幫妳拿音響。」柯儀馨還沒開口，他就一溜煙跑走了。聰明加上認真努力，林逸軒的英文進步很快，連帶其他科目也慢慢進步中。這情況看在導師陳博俊眼裡，一邊替他高興，一邊卻擔心他是不是別有用心。林逸軒去年看上一個國三女生，三不五時往人家教室跑，說要陪那個女生唸書，行為也檢點許多，跟現在的樣子很像。陳博俊覺得有必要告訴柯儀馨，午休時間找柯儀馨出來談。

「儀馨老師，我們班學生都很喜歡妳…有的以前都不唸書，現在居然會拿英文課本起來背單字了呢！」「呵呵，真的呀?那很好啊…」柯儀馨再度肯定自己的教學方法，順手撥一下鬢邊的髮絲，睜著迷人的眼睛瞧著陳博俊。他接著說：「可是最近有個情況，跟逸軒有關。」「喔?他怎麼了?」陳博俊表情不太自然：「呃，現在還沒什麼事，以後就不確定了…」柯儀馨聽不懂：「博俊老師，你說話好有學問喔，我不太明白你的意思耶…」陳博俊只好直說：「我覺得逸軒很喜歡妳，我怕…」「呵呵，你不用擔心，喜歡我的學生還不少呢！男生女生都有，他只是其中一個呀…」「可是他一聽到有人談論妳就馬上豎起耳朵聽，也會跟別的老師打聽妳的事。」「這樣啊…可是他表現越來越好了，不論是課業或生活上都像變了一個人似的。」「這是我最擔心的地方，去年他在追一個國三女生的時候就是這樣。」「他追國三的女生?」「是啊，他從國一到現在已經談過五次戀愛了。」「哇，這麼複雜…」「這還不包括他被拒絕和倒追他的人。」「所以你擔心，他愛上我?」陳博俊猶豫一下：「有這個可能但還無法確定。學生之間已經出現傳言…」柯儀馨表情嚴肅地說：「學生要怎麼傳我沒辦法管，不過我會盡量小心，避免發生你說的情況。我期許自己當個學生喜愛的老師，但不希望師生之間發生曖昧關係。」陳博俊連忙說：「儀馨老師別誤會，我不是那個意思。因為妳太迷人啦，學生可能會情不自禁…」柯儀馨凝視著他藏在金框眼鏡後的雙眼及認真的表情，忍不住想作弄他一下：「那…會不會有老師對我情不自禁呢？」陳博俊臉紅了一下隨即褪去，尷尬地回答：「呃，我不清楚。」「跟你開玩笑的啦，別介意喔…」柯儀馨裝可愛地說。

陳博俊班上段考總分排名第二，英文排名第四，表現相當不錯。他到辦公室找柯儀馨，但沒碰到，就留了張紙條在桌上：「儀馨老師，我們班這次段考表現不錯，謝謝妳教導有方。下週六班上決定在校園舉辦烤肉，希望妳能抽空前來。博俊。」烤肉那天，林逸軒帶了相機說要跟柯儀馨合照，拒絕他反而不自然，於是柯儀馨大方地跟林逸軒一起站在花圃前拍照。「一、二、三、笑！好啦！俊男美女的照片！」孫麗鈺幫他們拍完，就要林逸軒幫她跟柯儀馨拍一張。柯儀馨很高興地跟孫麗鈺合照，好幾個學生也一道湊進來拍。「記得加洗給我喔！」「沒問題！」林逸軒一口答應。柯儀馨突然覺得林逸軒笑的樣子跟周正堂很像。孫麗鈺拿一塊烤好的肉走過來：「老師，這是我親手烤的，妳吃吃看好不好吃…」「謝謝妳唷…嗯，很好吃！」林逸軒不甘示弱，馬上倒杯紅茶給柯儀馨：「老師，她的烤肉太鹹，這杯茶給妳喝。」「謝謝！」柯儀馨對他溫柔的笑了一下。「老師，妳什麼時候請我喝飲料？」孫麗鈺一直記得柯儀馨的話，林逸軒一聽：「喝飲料？怎麼可以不請我？」「拜託，只請英文小老師啦⋯⋯」孫麗鈺解釋。「這樣好了，老師妳請孫麗鈺，我叫孫麗鈺請我，因為我幫她做很多事，她應該感謝我⋯⋯」柯儀馨回答：「只幫忙拿音響就要孫麗鈺請你喝飲料喔⋯⋯」「才不只ㄌㄟ，老師，我會幫忙盯班上同學寫作業、唸英文⋯⋯」「是啊，老師，他幫我滿多忙的⋯⋯」孫麗鈺也覺得該請林逸軒喝飲料。「好吧，看在孫麗鈺替你求情的份上，下週五就一起來吧！」說完柯儀馨走到陳博俊那裡：「博俊老師，我班上有學生來佈置教室，我要回去看看。謝謝你們的熱情招待！」學生紛紛塞一些食物給柯儀馨帶去吃，她原封不動地拿到自己班上給學生。她班上學生很興奮地吃著免費的東西，一邊跟柯儀馨聊天。

「老師我跟妳說，有很多人喜歡妳耶！」趙淑香故作神祕地說。「那妳喜不喜歡我呢？」「喜歡啊，可是他們的喜歡跟我的喜歡不一樣⋯⋯」柯儀馨覺得趙淑香講話很有趣，接著問：「哪裡不一樣呢？」蔡政銘插嘴說：「他們那是愛，才不是喜歡ㄌㄟ⋯⋯」柯儀馨問蔡政銘：「愛跟喜歡有什麼不一樣？」蔡政銘：「愛比較多，喜歡比較少吧？」趙淑香接口：「哎唷，你在說什麼多什麼少啊？」蔡政銘：「我也不太會講，就是感覺不一樣嘛⋯⋯」柯儀馨喜歡看到學生發表意見，就提醒他們說：「我上課有講過『like』跟『love』的差別，你們忘了啊？」趙淑香：「喔，我想起來了…老師是說可以『like』很多人，但最『love』的人只有一個…」蔡政銘說：「對啊，我剛就是這樣說的啊…」趙淑香打他一下：「拜託，你剛才說的是：『愛比較多，喜歡比較少』，跟老師說的相反！」蔡政銘說：「咦？是嗎？妳記得那麼清楚喔…」趙淑香不想理他，於是繼續之前的話題：「老師我問妳喔，別班有人說…有人說有個國二男生在追妳耶…就是今天烤肉那個班…是真的嗎？」柯儀馨嘟起嘴巴：「只有他一個喔？老師越來越沒有魅力囉…」蔡政銘說：「才不只ㄌㄟ，常跟我打籃球的人裡面就有好幾個暗戀老師…」趙淑香說：「可是國二那個的傳言最多啊！」柯儀馨問說：「你們相信傳言嗎？」一直沒開口的簡永祥終於說話了：「看情形啊…有些話是別人亂講的。妳教我們要獨立思考，不能人云亦云。」柯儀馨點頭微笑說：「簡永祥講得很好喔…今天再教你們一句：『謠言止於智者』。」

林逸軒被罰站在訓導處前面，桀傲不馴的眼神讓柯儀馨覺得似曾相識。他比周正堂稚嫩青澀，但較誠懇。她看了林逸軒一眼，回辦公室發現陳博俊正在等她。柯儀馨感覺事情似乎和自己有關：「我剛看到林逸軒在訓導處前面罰站，臉色很難看，被主任打了嗎？」「被狠打了十多下…不過他也不是第一次被打，還熬的過。他被罰有一部分是因為妳…」「啊？怎麼會呢？」陳博俊解釋說：「唉，說來話長。別班有個女生很喜歡逸軒，逸軒也待她不錯，當她發現逸軒好像對妳特別有好感，就問他是不是愛上妳了…」「逸軒怎麼說？」「他說他想愛誰就愛誰不關她的事，所以就把女生惹火了，四處散播謠言，說你們兩個…嗯，反正就是不好聽的話，無中生有的謠言。」「所以林逸軒是為了謠言被罰？」「他聽到有人散播謠言就去查誰亂講話，發現是那個女生亂講話就警告她…」「怎麼警告？」「逸軒在路上堵她，推她肩膀時用力過度，她跌倒在地，手和腳都有擦傷。」柯儀馨沒想到事情變成這樣，陳博俊接著說：「本來逸軒是好言相勸，但那個女生妒火中燒，講了一些更難聽而且污衊妳的話，逸軒在很生氣的情況下推她…」柯儀馨努力安定心情：「那…那你準備怎麼處理這件事？」陳博俊說：「那女生的導師和我會找雙方家長來學校，讓他們了解狀況，盡量低調處理這件事。」「我需要在場嗎？」「當然不用，這是學生之間的事，跟妳沒關係。」

柯儀馨知道林逸軒闖的禍跟她有關，心情沮喪夜不成眠，於是找朋友到pub喝酒解悶。煙味、香水味混雜著汗味衝過來，人氣浮動。她拿了杯長島冰茶，在吧台邊看著舞池裡熱烈扭動的身體。快節奏音樂誘惑她僵直的軀殼，燈光一閃一滅地分解肢體的連續動作。喝幾口手上的酒，她放下杯子，拉著朋友進入舞池用力發洩。也許是時間比較晚的緣故，她覺得舞池裡的人情緒異常高昂，扭動得特別厲害——可能是酒喝多了吧？她推測是酒精麻痺理性後的結果，就跟著狂擺起來。突然音樂中斷燈光全亮：「警察臨檢，請退到旁邊，拿出身分證明文件。」「怎麼回事？」很多人七嘴八舌交頭接耳，聽不清楚任何內容的耳語最令人頭昏。柯儀馨靠牆站著，她很不喜歡計畫好的事被破壞。「地上有一包，」一個警察發現可疑物品，「拿回去檢驗。在這裡跳舞的人通通帶回去做筆錄。」「各位，我們剛剛接獲線報，有人在這家pub作搖頭丸的交易買賣。現場搜到一包可疑物品，為了慎重起見，請各位跟我回局裡作筆錄。」警察說完話就一車車載人回警局。各媒體的SNG車居然都來了，柯儀馨第一次遇上這種事，好奇地看著。pub的人剛剛跳得那麼起勁，現在一個個看起來蒼白虛弱，全部蒙著頭趴在桌上，她不想跟他們一樣心虛，努力打起精神。當媒體開始拍攝時，朋友叫柯儀馨低下頭免得被鏡頭拍到，但她正在看忙碌的警察和記者，看著像電影場景的戲，沒注意到自己成了畫面上唯一沒有蒙著臉的人。做筆錄時警察知道她是老師之後十分訝異：「老師也來搖頭pub跳舞喔？」接著搖搖頭，一臉世風日下的表情。「老師不能跳舞嗎？」柯儀馨在心裡回他，嘴角敷衍地假笑一下：「我不知道這家是搖頭pub，可以走了嗎？」警員點點頭，柯儀馨和朋友頭也不回地離開比舞池更虛幻的地方。她從車子的照後鏡中看見不斷倒退的路，無法確定自己究竟是往前開還是往後開。漸漸亮起的天色，有些刺眼，她眼睛張不開，覺得好疲倦好疲倦，好想念家裡的床。

一進辦公室，蘇雅菁馬上走過來小聲地問：「妳上電視啦…很多人看到那則新聞…」「什麼新聞？」「pub搖頭丸的事啊！雖然只有一秒，但妳沒蒙著頭，特別明顯，很多學生在談呢…」「喔？」「一個學生看到畫面，就趕緊打電話跟別的同學說。真正看到新聞的人不多，但傳出去大家都知道了…」「他們傳什麼我不管，反正我問心無愧。」「就只怕傳到校長那兒，她很在意名聲啊…妳知道，話傳著傳著就變成各種版本的謠言，傳的人會用自己的想像力加油添醋一番，最後的版本傳回來妳可能還不知道是在說自己呢…」黃俊富神情緊張地走過來對柯儀馨說：「這下糟了，校長請妳過去一趟，可能要跟妳談pub的事…」蘇雅菁說：「妳記得要矢口否認啊，反正一秒鐘的畫面誰也不敢真正確定。」柯儀馨皺著眉頭說：「怎麼會弄成這樣？我想我要跟校長解釋清楚才行。」黃俊富說：「妳不用這麼誠實啊！其他人不見得相信妳沒吃搖頭丸…」「對啊對啊，妳別傻了，打死不承認才是上策。」蘇雅菁勸她。柯儀馨嘆口氣：「謝謝你們的關心，讓我自己決定怎麼面對吧…」

「校長，妳找我呀？」柯儀馨很平靜地走過去。楊校長指著座椅說：「先坐下來吧！」坐下來之後，兩人的目光平行接觸。楊校長先開口：「儀馨老師，妳應該猜得到我想跟妳談什麼吧？」「嗯，校長，我確實去了那家pub跳舞，但我不知道那家pub是搖頭族聚集的地方。」楊校長接著問：「pub那麼亂的地方，妳半夜去跳舞不覺得危險嗎？」柯儀馨沒答話，心中轉了好幾個念頭。「要是家長來質問，我們要怎麼交代呢？儀馨老師，這攸關校譽啊！」楊校長有點不耐地說。柯儀馨做了一個重大決定：「很抱歉給妳和學校帶來困擾，我決定辭職以示負責。」「事情沒有嚴重到要辭職啊，儀馨老師⋯⋯」「校長，我已經下定決心，請不要挽留我⋯⋯」楊校長表現出一副很惋惜的樣子：「那我們學校就少了一位好老師了，學生都很喜歡妳呢⋯⋯不過我尊重妳的決定。」「謝謝校長體諒。」柯儀馨覺得整個人輕鬆許多，走出校長室時雙腳虛浮得有種快要飛起來的感覺。她心中計畫著：先出國讀書，談一場平靜的戀愛，再回來重新開始。天空好藍好亮好美，她覺得自己像一隻浮出水面的海豚，慢慢長出一對翅膀，正準備振翅高飛了。

作者簡介

嗨，我是snow。她說寫不好，要我替她介紹。

陳香吟，一九××年（她說要保密）生於台灣宜蘭，後來全家定居台北縣。台灣師大英語系畢業後，在台北縣當國中老師，因為很忙不太有空理我，我就勸她考研究所。她現在就讀於東華大學創英所，看起來不錯。

她說就講到這兒結束，但我一定要揭發她盜用我id的事。在網路上她以snow之名在師大精靈之城（bbs.ntnu.edu.tw）當過詩版版主，在慈濟蜘蛛養貓（beef.tcu.edu.tw）有個人版面，還用我的id參加過尤里西斯文社，當過晨曦詩刊編輯委員。我抗議許久，她才改邪歸正用自己的名字設立個人網頁（http://mypaper2.ttimes.com.tw/user/snow99/）儲存作品。

關於創作

沒寫過小說的人幹嘛寫呢?她說要練習，教育光環掩蓋下有很多黑暗面可寫。她本來想借我的id發表以免失業，我騙她說教育界絕對不會箝制思想亂興文字獄——別告訴她。

永遠的一天

李良安

我清楚地記得門關上前因著彈簧的延緩以致發出一種生冷、類似哽咽的聲音。隨著電梯的數字依次遞減，我和妻終於隔斷成兩個世界。閉上眼睛似乎還看到妻低頭坐在沒亮燈的客廳裡，一隻黃色的加菲貓拖鞋安靜地躺在她的腳踝邊，另一隻則像具被遺棄的小小屍體，傾覆在浴室門口。

妻不哭。已經半年，撕心裂肺的痛楚再難熬也還是這樣過來了，剛開始她還有力氣號啕悲鳴，淚水流乾後，看似不痛不癢，剩下的只有無聲的嗚咽。我們不約而同的壓低著聲音過活，這個屋子裡肅靜到聽得見彼此沉緩、悲傷的呼吸聲。可以聽見整個冬天，城市不停飄下細毛般的雨，即使關著窗，涼意卻跟著雨聲滲透

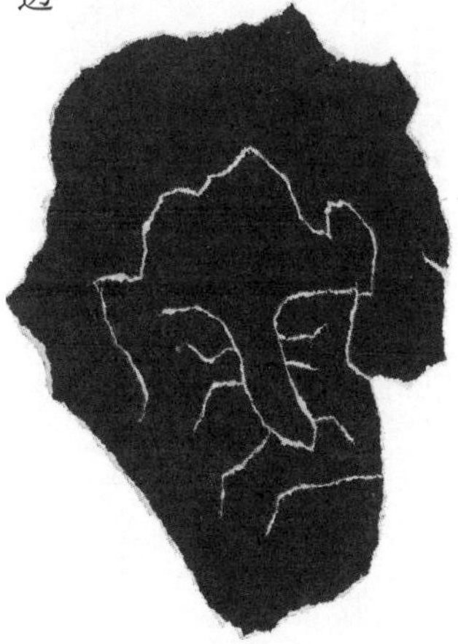

進來。除此之外，萬物寂靜。

「她冷不冷？」我一邊開車卻想著妻細緻的腳，赤裸裸地擺在月光下像一朵委地的白花，但是我鐵著心沒有折返回去。

妻的母親下午在電話裡說孩子最近一直感冒，怎麼也好不了。「你們夫妻兩個總要有人振作起來吧。」母親的口氣帶點苛責的意味。聲音聽來像從遠方山谷裡傳來的回音，嚴重地失真。寶寶就在城市的另一頭，托給母親照顧已經好幾個月了，孩子大的快，見面後她還認得我這個父親嗎？

母親稱讚女兒是很乖的孩子，見到人就把頭整個埋在對方的大腿裡。每天一大早帶她去公園跳土風舞，也不會吵著要零食吃，就只是坐在花圃邊跟著手舞足蹈，嘻嘻地咧著嘴笑，那些跳舞的婆婆最喜歡寶寶了。

可我是多麼狠心的父親，沒能好好照顧她。以前每次舉著她的時候，她咯咯咯的笑聲，曾經讓我感到如此滿足幸福，當同事說她長的像我時，妻還在一旁嬌俏的軟聲抗議。一切都還只是幾年前的事，轉眼人事已非。我害怕記憶，清楚地讓人錐心。

被堵在車流當中。鄰車的玻璃黏著一隻維尼小熊。

寶寶兩歲多的時候左眼開始偏斜的厲害，原本以為是眼睛的問題，檢查之後醫生說她大概會一輩子咧著嘴笑，她低頭用手輕拍她的絨毛熊。隔壁病房的孩子不停哭著，我聽著醫生恰到好處、卻沒有絲毫意義的安慰，只感到陽光透過窗子被拉長，呈現某種蒼白如同死亡的顏色。

妻掩著臉哭，淚水一直滴在襯衫上。

孩子沒有停止長大，慢慢的會跑會跳，她只是像一隻羸弱傷殘的小獸般，開始感受到妻對她的不友善，而本能的親近我。每一天，當她已習慣我到家的時間後，一聽到我開門的聲音，她便蹦蹦跳跳地踩著蹣跚的步伐衝向我，緊緊抱住我的大腿，然後發出咭咭、如同銀鈴的笑聲。誰說寶寶傻，她只是某些方面不自主的停止成長。

車窗被搖下，一隻小手伸出來，張開手掌試著要接住雨水。「寶寶」，我聽到車子裡男人斥責的語氣，心底突然開始流血，被狠狠捅了一刀。

我無處可去，空氣是清冷的，又是個雨天，南方的冬天很少下雨，讓人這樣感到絕望卻夾雜著迷霧的雨。我停車然後放任自己行走在忙碌的街上，已經數不清這是半年來第幾次我讓自己漂浮在這種薄翳狀的霧色裡，眼中看到的是一張張全然陌生的臉。大部分是外地來討生活、回不去的遊子，行色匆忙，卻至少不會試圖安慰，對我表現悲憫，臉上帶有那種說不出口、卻欲言又止的神情。

但是今天不一樣，街上的人並不因為天氣的異常寒冷稍微減少，反倒每個人臉上的神情看起來有種陌生的和藹，好像急需要付出關懷，不管對象是誰。

已經是平安夜啊，路邊的樹上結掛著閃爍出微弱光亮的彩色燈泡，商店的透明玻璃刻意用顏料製造出某種朦朧的效果，偽裝的北國景致，雪積累在樹的枝節上映照不出真實的影子，失去晶瑩的色澤。各種節拍的聖誕歌曲混合在一起，所有的聲音卻隔絕在我的身體之外。

一切都已經離我而去，我慢慢的步行上天橋，來往的人小心的避開階梯上的水漬。冷空氣讓天空異樣的晴朗湛藍，散發出柔和神祕的味道，我站在橋間，用手肘支撐著整個身子的重量，感覺到雨水從那片深邃中用緩慢的速度、無聲的下降，然後逐漸浸溼身體。城市在我眼下慢慢模糊，車流的聲音交錯成一種忽近忽遠的光景，像潮水騷動的聲響，倏然襲來而後退去。

「你一定要好好照顧她。」聲音如同海潮擊拍著石壁，造成一種轟然的巨響，久久不散。我想到在妻要離開她富裕的家庭跟我生活的時候，她母親不無憂心的告誡我。小我十歲的妻念完書後再回到學校教書，看起來還很青澀的模樣。即使婚後，在很多人眼裡，曾經是我學生的妻仍然稚氣未脫，那是我所鍾愛於她的一種特質，對於世事的渾然不覺讓我在她的身邊有種全然未曾有過的放鬆，這麼多年來第一次我感到不用提心弔膽的過日子。

在我的印象還留有妻十來歲時，第一次上我課時的情景。她睜著大眼睛、梳著兩條小辮的模樣，過於白皙的膚色，笑起來時嘴角漾開著酒渦。整堂課正襟危坐，她的眼光透過窗子，落在很遠的地方。妻後來告知，那時剛開始教書的我看起來有種冷漠的表情。

生命只是一首迴旋曲式的悲歌，任憑雜沓反覆，主導動機往往提示了最終的結果，中間是一連串主題的變奏交錯。

悲劇的一生，乍起乍落。寶寶出生之後我又開始做起曾經漸漸遺忘的夢，或許是那樣的微笑重新召喚昔日的記憶，也或許從開始我就未曾真正忘記，時間之書讓命運翻到了日漸模糊的段落，血跡狠狠劃過。

在夢裡我從未看清自己的樣子，只能從稍縱即逝的景物中意識到正不斷地往前奔跑，那條石灰長堤往前延伸彷彿失去盡頭。兩旁的堤岸已經乾枯。淡紫紅色的馬鞍藤，匍匐在整個龜裂的堤坡，大片雪白的猴蔗芒花穗覆蓋住乾河床。太熟悉的夢，在我精疲力盡的時候，眼前是遼闊死寂，停止流動的溪口，黑色膿稠的水發出惡臭。

站在此地往左方看去，油亮的黑色帷幕下蔓延了整片細白的貝殼沙灘，一截被火焚燒過的枯幹半埋其中，頹壞傾斜的紅沙發不知從何處漂來。海水流動的聲音聽起來誘人入睡般溫柔，沙沙地來，安靜的退去。秋日豔陽，風從海上吹來，揚起一點沙。穿著黑紗洋裝的女人蹲在那裡，潮水用一種愉悅的規律漫洇過她赤裸纖柔的腳踝，發出滋滋的聲音，裙尾點綴著火紅的扶桑花拖延在沙灘上，水浸溼整個下襬。她伸手不停地在地面撥弄，整個人專注在重複的動作裡。我走向前去看到沙上躺著一隻已經腐爛泰半的豬，剩餘的部分泛著慘澹的暗紫色，乳白色的蛆不斷從已被蝕空的腦殼眼框中爬出爬進的蠕動著。她用手指撥弄啃食腐肉的蟲子，身體有種喜悅的顫動。忽然她轉身，我看著她的嘴毫無預警地張開，一個無意識的笑。

雨停止以後，反而變冷。霧散盡讓城市的光明和黑暗變得更加清楚。這是一九九八年的聖誕夜，我看著對面飯店外牆上的螢幕迅速轉換著廣告影像。一台家庭用的休旅車滑行在半空，劇情是全家人出去玩，在山野裡遇著突然的雨，不得不躲在車子裡，聽著蛙鳴聲從田間傳來，炊煙自山坳人家處升起。下個畫面卻看到幾個穿著奇特的年輕人，或倒立或平躺在馬路上，最後威脅地說你給我放自然一點。那是什麼意思?我突然感到不了解這個世界。

人不斷從橋的兩頭走向對方，然後錯身經過，缺乏表情的行走。一個影子從橋的車站那頭用種奇怪的姿勢向前跳躍，背上纏著麻布袋的老人，膝蓋以下被刀刃之類的利器平整地切去。他右手扶住鐵欄，伸出左手跟我乞討「可憐我，七十多歲了，給我一點錢吧」，老人穿著一件沾了血跡、磨薄的綠色毛外套，左邊的褲管打著結，身體有著朽壞的氣味。我找遍了身上只有五、六十塊的銅板，他不肯要，嘟囔著說年輕人太沒天良，任憑我解釋身上真的沒有更多現金。他繼續往前去，我感覺銅板嵌進掌心然後有點痛。也許真的錯了，應該從開始就拒絕付出，還是我在自取其辱。在這個夜晚多的是願意花幾百塊交換心安的人。在我心裡善與惡應該很早就已泯滅界限，如果贖罪能夠如此容易，如果我懂得學會遺忘……拿出打火機，手拼命發抖，試了幾次卻點不著已經沁溼的菸。站在天橋之上，人群像來往的火車到站之後又離去，終究只是短暫的停留，我成為惟一被留下的旅客。望向走來的那頭，記憶沿著蜿蜒曲折的軌跡，跌跌撞撞終於追溯到旅程的起點，儘管沿途景致已經開始模糊，終究走回最初。剛開始我以為生命只是一段流浪的過程，後來發現更多的時候，我用盡力氣拼命的想逃離所謂生命的最初，逃離當下，某種陷溺的處境。那個我辛苦成長的小村落，隨著時日的推移慢慢地失去整個輪廓，像字跡因水湮散，還能辨識的細節遂更加觸目驚心。

關於妻的種種，我所能想起的竟然只是一些小東西的累積。我從未思考過愛的問題，關於這個跟我生活在一起、看來弱小纖細的女子，記憶所及如此有限，反而因為朝夕相處，所以未曾仔細端詳，有種異樣的陌生。無疑她是美麗的，像一首最哀傷的詩篇，像夜被擊碎，只有一顆藍色的星在遠處顫抖。然而我對她的愛是如此單薄，和我的忽略相較，像滄海中微不足道的一瞥。我太愛自己，總是生活在自己的軌跡裡面，拒絕探出頭，對她而言像是更遙遠之外一個存在太久的星子，已消磨了青春與光亮。像永遠連不成線的兩端，相隔著遼闊的夜。我聽不見她心裡面哭泣的聲音，夾雜在輕柔的哼唱裡，我們都不以為意。妻喜歡在做很多事時無意識的哼著歌，雖然她總是很難入睡，夜裡翻轉的窸窣聲讓我確定妻的軀體仍然存在，於是覺得心安不已。我從不在意每個早上離去後，她如何面對自己。妻有個自私的丈夫，我卻不懂她的悲哀。

她婚後辭去了教職，我沒有表示太多意見。星期一、四她固定到語言中心上日文課，回來順便在附近的超級市場買點菜，星期五回去天母的娘家，除此之外，我不懂妻如何打發時間。禮拜天我不太上教堂，從沒問過她是如何面對教友對我的詢問。星期日晚上，妻獨自在電視機前看著適合全家人一起看的娛樂節目，兩個人缺少我便是寂寞，隔著門我聽見她訕訕地笑著。膚淺，當我這麼形容電視節目時或許無意間傷害了她。

妻有著失眠的毛病，那是婚後半年才開始的症狀，像某種不祥的徵兆。醫生後來不得不開給她安眠藥，說是真沒辦法才吃半顆。什麼時候妻變的必須依賴藥物才能勉強入睡？母親告訴我也許有了孩子會好一點。我不了解妻為何落落寡歡。當妻告訴我懷孕時我開始陷入某種憂心當中。然後一切都來不及思考對與錯，我們生活在崩潰的邊緣，一伸手就碰觸滅絕。

確定寶寶的情況後，妻對孩子的態度冷淡到一種讓人難以理解的程度，再怎麼說那是她的生命所延續。孩子是如此出於本能的想要得到母親的歡心，當她開始會推著學步車走路的時候，她總先奔向妻，用那樣讓人心疼和意外的步伐急著要將整個小身子埋進妻的大腿內，然而她嫌棄的逃離。

孩子後來跟幫忙打掃的歐巴桑親的像一對祖孫，老人為她在陽台養了兩隻剛生不久的淺棕色花毛小雞，飯後去看雞變成寶寶一天當中最高興的大事。歐巴桑常常跟我說「阿彌陀佛，這個孩子是一個寶喔，菩薩會庇佑吻」。我想是老天爺給我殘酷的懲罰，讓我負擔一個相同的生命。因此我比妻更能坦然地接受這樣的安排。

試著接受後，會發現那孩子有著天使一樣的本能，她知道她的母親不喜歡，所以妻在的時候，不吵不鬧。妻轉身離開後，她扮著鬼臉，央求著歐巴桑叫：「婆、婆」，那是她會發的第一個聲音，然後結結巴巴地發不出雞那個字。婆最好，婆每天用小湯匙將嘴巴咬碎的食物一小口一小口餵給她吃。然後慢慢的她知道爸爸，總是躲在小房間裡的那個人，她用小手掌拍打著門，要求進到我寂寞的世界。像直立的小貓用白白胖胖的手臂圈住我的小腿。

之後妻不再上她習慣的那個教堂彌撒，開始藉著酒精吞服鎮靜劑幫助入睡。她在怨我，怨孩子分散我對她原有的一點點愛和關注。怨孩子讓她不願再面對舊有的世界。世界全然崩毀，在別人對她的憐憫中她只看見屈辱。

已經快三十年了，用時間去衡量，我的童年和現在對照，分隔在不同時空裡遙遠的兩頭，然而在地域上，那個村落卻只是在島嶼南方一個偏僻所在。「遙遠」是一個多可笑的字眼。在我十歲、在阿媽過世之前我從未離開的漁村，這一走便是二十幾年，逃離的過程如今想來是一個曲折的過程，結果我從沒能走的太遠。逃離只是心裡可笑的揣度。在寶寶出生之後，伴隨著整個夢境而日漸清晰的先是那個地方帶著鹹腥味道的空氣，還有鬼魅般在印象中不能確定是否真實存在的人物。

時常來到我心裡的，還有那一個無意識的笑。每個早上我要出門時，獢鳳嬌ㄚ坐在台階上一邊咬著白熱冒煙的饅頭，露出蛀掉的牙齒跟我打招呼，我看到糜爛的食物在她淡紅的舌根中翻嚼，然後是個滿足的吞嚥。那天早上、永遠的一天，這麼多年我無數次想起那是最後一次看見那個笑容。生命突然急速的逆轉。

上過兩節課後，十點我們有二十分鐘的下課時間，老師帶著作過操，我們跳著鼓掌嘩一聲後轟然解散，踢著毽子、跳繩、或者追逐，很多小孩衝到福利社去買一毛錢兩個的酸梅糖果，我坐在花圃旁的石頭上看憨添ㄚ學胖老師可笑的外省口音，突然大嬸家的狗屎昆ㄚ指著我後面的圍牆哄然大笑：「阿義ㄚ他老母是獢查某，獢仔、獢仔」。她用雙手掛在圍牆上，手上抓著路邊採來的紅色扶桑花，因為用力所以連對我笑的力氣都沒有，臉漲紅著。

她是來看我嗎？我不知道，我只是走的離圍牆更遠，然後狠狠地瞪著她看，她沒有像平常那樣叫我「阿義ㄚ、阿義ㄚ」。每個早上我背著布包跳下階梯，她總會撕一塊饅頭給我，上面有著她手指的黑印，紋路清晰可辨。

到學校只要走不到十分鐘的時間，沿著屋前的小路往上走是一個小斜坡，翻過去之後有棟廢棄兩層樓的房子，地勢稍微低了些，夏天雨季開始沒多久，房子後面便蓄滿一池子的水，從後面看過去像間水中樓閣，讓原來就存在、關於屋子鬧鬼的說法更加繪聲繪影。才沒幾天工夫，池子裡長滿整片的布袋蓮，不知道從那裡來的，成群的福壽螺已經在葉子和牆壁上緩慢蠕動，一撮撮看來像桑椹、粉紫色的卵黏著在隨處可見的地方。

那幾年炒福壽螺成了經過村子的外來客下酒最時興的菜餚。我們坐著廢木料或用大型保麗龍板紮成船在花葉間尋找，為的只是要跟用腳踏車推著一整桶麥芽糖的瘦老頭換一根用竹籤穿在頂端、包著醃芒果乾的糖膏，吃起來味道甜滋滋的。豬鳳嬌丫老在旁邊瞧著，我們偷偷地商量著怎麼把她騙到池邊，然後綁在木板上，推到水中央去。

她的聲音尖銳到隔著很遠都聽得見，他們拍著手唱著「豬查某，揹茶㲉，揹噶今暝大苜肚」。丫嬤不讓我欺負她，我就讓臭頭丫他們去，然後在旁邊賭氣地覷著，不知道為什麼眼睛發酸，胸口直喘著。學校外牆小徑繞到後頭，沿路兩旁都是雜生的密林，死掉的貓用麻袋隨手隨便纏住袋口便掛在枝椏上，蟲子從袋口爬出來，聞起來有點像很久才吃一次的三層肉的味道。大家都有點怕，成群結隊卻嘴硬地號稱自己要帶頭衝過去。出了林子要不了多遠，泊船口邊是個很大的製冰廠，臭頭丫最愛提議到那裡看大塊大塊的冰像坐滑梯那樣溜下來，碎裂的冰融化後流了滿地的污水，帶有魚腥的味道，一直流向前面不遠的水閘門去。閘門上有一座半圓形的橋，像彩虹那樣，只是色彩早已紛紛迸裂。

落日映照在橋那裡，看來晶光閃閃。猶鳳嬌ㄚ沒事總會爬到上頭去，儘管橋早已棄置，踏板腐爛不堪。她毫無困難的就能攀到上面，手上幾大圈纏著她用橡皮筋編的一大條繩子，ㄚ嬤說那座橋從猶鳳嬌ㄚ伊做小姐的時陣就有了，那時候橋架兩邊長了一大片黃澄澄的油菜花。我才不管那髒兮兮的橋從什麼時候有的，我只知道每天下午要到那裡去找她回來吃飯是件苦哈哈的差事，隔壁班的死胖子每次看到我們總是追出來叫著猶仔、猶仔，然後拿橡皮筋用石頭射我們。

她也會跑到附近的舊船塢裡，幾個破氣筏翻倒在地上，還有兩架很龐大卻廢棄多時的漁船，她有時候會躲進帆布裡睡上整個下午。附近的刨木工廠裡幾個人總把煙夾在耳朵上，打著赤膊在工作，唰唰的刨木聲裡隱約夾雜電唱機裡傳來歌仔戲的哭調仔，猶鳳嬌ㄚ拿著破被單披在身上比劃，咿咿啊啊地跟著哭。可是她從來不敢走到工廠附近去，她怕。

村的另一邊是個矮山頭，寂靜地埋著死去的人。坡地上的黃色鼠麴草花，隨處長著。蚊蚋藏身在野草間，人走過便營營地飛起來。太陽西沉前山看來有種讓人安心的亮綠光澤，很難想像在夜裡燐火扭曲跳動著。村裡的羊老愛跑到這裡來吃草，在墓仔頂頭踏來踏去。清明過後，掃墓的人又重新清理出一條明顯的小徑，整個夏天蟋蟀聲響徹墓間。我和隔壁班死大箇呆打賭，看放學後誰敢一個人到山裡把剛入土的邱阿捨墳前的香爐搬回來。爬上去時，天已紅了整片，不遠處家裡的灶腳冒著炊煙。我把香爐藏在樹下，爬到松樹頂看見另外那頭猶鳳嬌丫將她的橡皮繩垂到橋下。

那個晚上我和丫嬤找遍了水閘附近，都沒有看見她的影子。秋天還沒真的來，堤防已經開始沿著岸邊長滿迷宮般的白芒，霧色蒼蒼，鷺鷥成群飛來，停在哨站對邊的欖李樹上。戍守的阿兵哥說那天下午還看見猶鳳嬌丫往新橋那邊的工地去。通往城裡的舊橋是用簡陋的竹篙撐起來的，只能讓村裡的人在凌晨三、四點時將新鮮的魚貨擔在肩膀走上兩三個小時，運到大菜市賣。新橋建好還是我離開的那一年。丫嬤找了好多天，卻再也找嘸到伊。

後來，她老穿不住的藍色塑膠拖鞋流到岸上來，泡了幾天水開始有點褪色。沒有人再看到她在村裡走動，連屍體都沒有浮上來。丫嬤卻從來都沒死心，有時候隔壁村有人好心來告訴她，在那裡曾經看過像她女兒那樣癡癡呆呆的，她總是邁著放過的小腳走了一村一村去求證。那怕只是漂上岸的死屍。

猶鳳嬌ㄚ，整整二十年我沒有聽到這個名字，自從ㄚ嬤不在了以後。家裡原本是靠她到處幫忙收餿水，替大伯公ㄚ養豬維持生活的。他們家的豬圈養了百來頭豬，豬寮建在園子裡，四周種了大片楊桃樹。隔年夏天ㄚ嬤到水井去提水時被條雨傘節咬在小腿肚，發現時臉早黑了半邊。那個地方離堤防不遠，我看著她的身體沾了地面的汙泥，地面還有點溫熱，潮聲在午後特別清楚。

慢慢的習慣，習慣孤單，習慣一個人。我好像站在旁邊看自己怎樣倔強的長大。在孤兒院裡，我常常想起那個名字，像一個埋藏得很深的祕密，一口開始枯乾的井，水乾了以後，鹽分漸漸積累，醃存著塵封的舊事。

院方幾次試著安排寄養的家庭，我卻藉著破壞逃離，不願再讓更多的人參與過往的生命。在孤兒院裡我第一次感覺到平等，每個人都同樣讓命運遺棄。不再有人明白溪口邊那個瘋子的事。

如果說是什麼讓我捱過常常覺得飢餓的年少，我想是對未知的想像，支撐我在很多寒夜裡、當大通鋪上的人都已熟睡後，仍然藉著微弱的燈泡幫助下還堅持著苦讀下去的力氣，那是來自於對逃離現實的渴望。害怕貧窮和歧視，害怕記憶在毫無預警的時刻像幽暗的盒子開啟，所有的一切被吞沒。在那個年代，我常看見隔壁孩子飯盒裡滿滿的白飯，有時候一顆蛋完整的鋪在熱騰騰的煙氣上，肉油的香味完全被蒸散，羨慕那種幸福的感覺。

ㄚ嬤睡前用灶裡的餘燼幫我炊兩條蕃薯，她看到市場上被丟棄的那些有點敗壞的豬腿粗骨，或是高麗菜外層剝落的葉子，也會拾回來熬了湯，蘿蔔便切成細塊，醃在瓦缸裡。不知道為什麼，即使她不在眼前，我也好像聞到她身上發酸的餿味。想起來感到作噁。

最後那幾年，夜裡ㄚ嬤肥胖的身體在炕上不安的翻覆，她斷斷續續地咳嗽，跟著整暝的鞭炮聲傳來。那是村裡的漁船又豐收了。夜裡四點多、天還沒開始濛濛亮，寒風嘶冽，她掙扎起身到村中幾個擺放收集桶的地方，把前天的餿水搬到推車，然後在豬餓之前，走過學校，會經過一整片擁擠的塭仔地，壟邊立著疏落的電線桿，村子有幾戶才剛買了風車，在帶著暈潤水氣的晨光中，水面被翻轉而激起水柱，有一種美麗生動的氣韻。

ㄚ嬤每天回來會告訴我，那一家大概前天晚上又煮了什麼菜，或者馬福伯ㄚ塭仔內飼養的夭壽黑狗如何在她經過時，對著她狂吠，只是因為她在旁邊的玉蘭叢裡摘了一些花。花是拿來供佛用的，釘在牆上的小型神龕上還有一張ㄚ公的照片。獝鳳嬌ㄚ不見了以後，有時候我朦朧醒來、在將睡未睡間聽到一種陌生的哭聲。她一大早低著聲在哭女兒和自己坎坷的歹命。

從某種程度上來講，我對妻是一個全然空白的人。妻對我的認識只僅於婚後的相處，柔順的個性使她不曾真正嘗試探究我從不提及的過往，生命的陰暗面遮掩著我曾經與死亡如此貼近。妻完全相信我，她用眼神請求進到我的生命，女人如此善於等待的。

青年的我成為一個單獨的個體，失去了她們，孤立地如同一株長在臭溝邊的雞屎藤。嘸人看顧嘸人疼，腥臭到令人嫌惡。我渾然不知，以為ㄚ嬤的死能讓我從此感到自在，那條劇毒的蛇應許了我心底的盼望。我曾經無數次在心底熱烈的想像。

如同無數次在寄養父母熟睡後，我屏聲息氣摸黑就著後尾巷的街燈透進來私密的光，悄然扭開瓦斯桶的安全栓，然後躡足翻過矮牆到月色裡遊蕩，隨手摸來的菸點著了，看著它冉冉沒入晴空，讓人有種安全感。夏天夜裡有種如水的清涼。路沿著圍牆向前伸到看不見的地方，一棵青柿伸出牆外。玉蘭含苞吐露芳香，另一條巷子裡搓麻將的聲音嘩啦啦地響，聽起來像海埔仔村的潮水聲。我希望的事情一直都沒有發生，即使在乾燥的冬天，眷村仍然沒有一場火災，足以燒毀我被安排的家庭，和一對開始頹老的和善父母。但是他們終究仍無法忍受我的異常，我用無聲去面對周圍的世界，作為消極的抗議。霧一般的風景在眼前聚攏又擴散。

走過那整片魚塭之後，太陽開始強烈，毒辣辣地刺激著皮膚，獝鳳嬌丫一個人慢慢的往前走，往海邊的方向去。確定寶寶的事後，這個畫面一直在我腦海裡面盤旋，越想遺忘但整個影像卻由模糊轉變成清晰。

那一個冬天，瞞著妻我帶著一種不確定的心情，回到原本以為不會再踏上的土地。當初年輕陌生的社服員牽著我的手走過竹橋，月牙兒一點點往下墜，我未曾回頭再看村子一眼，他們對我們不好，丫嬷死了以後我才感受到。以為不再回來，一切只是不會再碰觸的傷痛記憶。很多事物或許不曾真實存在，我不能肯定是否一切來自我心中的臆測。所以沿著完工沒多久的十七號省道，整個海岸線綿延一百多里，當看到村子時，甚至無法確定這是我所要尋找的，一個記憶的入口。這裡只是城市和城市間一個寂寥的聚落，百來戶人家在越過跨海大橋後用一種猝死的姿態橫躺在海岸邊，在橋上開著車窗，迎面是暗夜裡整個台灣海峽搖晃的低聲嘆息。必須繞過整片木麻黃，村口在另外一頭。寒夜裡遠遠地只留有幾處燈火。

只有一條路到海灘去。魚港旁邊有攤簡單的吃食攤，老闆用抹布在做結束營業前的打掃。一間四方形格局的房子，看板用花俏的斜體字勾勒出民宿的名稱，霓虹燈在細雨的夜裡透露出某種曖昧與不安。門口一個濃妝褪的像才淋過雨的女人正拿著鉤子準備將鐵捲門拉上，吊在牆壁上的燈泡，發出暗淡的粉紅色，看來有某種色情的意味。

「丫你是要住房，丫是要休息？」豐滿的老闆娘桃紅低領衫內大半個沉甸甸的胸脯壓在三夾板釘成的櫃台上。已經很久沒有聽到有人在講話前帶著丫的助語詞，村裡的習慣。鄉音此刻聽來竟如隔世。

「人客，你是外位丫人來這收魚的喔？這兩年壞年冬，捕嘸烏魚啦，時機歹歹……天氣冷冽，甘愛叫小姐？」當她將那支沾著銅綠的鑰匙遞給我時，我看到她肥潤的手背上有一顆深紅色的痣，往事像細沙那樣隨海潮流去後仍終歸岸上。

她的輪廓慢慢可以找回昔日的容貌。上小學的那幾年四表嬸家的珠花丫一直跟我坐在同條長椅上，每天早上她綁著麻花辮子，整頭濃密的頭髮被緊緊地紮成一捆，蹦蹦跳跳的提著飯盒到學校來。

「珠花丫伊老爸目稠崁丫小，看人無物啦」，想起丫公五十幾歲就走了，丫嬤總這樣怨嘆。那時家裡還有一團布袋戲班四處扮戲的時陣，附近幾個大鄉鎮作旬醮，一冬一冬輪流謝神，戲棚隨時都準備搭在附近幾個大鄉鎮的鎮海王爺廟前，酬謝收成順利。少年的丫順叔還只是文武場裡學吹打滴的，沒有人料到後來他和人作伙雇船抓烏魚能夠有那麼大的發展。

「一人一款命，攏怪汝公夭壽澎肚丫早死喔」，丫嬤總是這樣埋怨還停留在這間屋裡丫公的鬼魂，在追憶感慨中睏去。我從來沒能有些些體會，丫嬤說我生不對時，只是丫嬤所說的往事，聽來更像昨夜陳舊未醒的春夢，露水般在透早日頭那探出頭就蒸散了。到學校，看著珠花丫穿著白白的布鞋，粉臉鼓著，水銀般那樣圓滾的眼睛裡兩隻蝴蝶飛舞翩翩，卻用手小心翼翼的掐著老師用剩的粉筆在桌子中間劃一條界限，她手上那粒可愛細緻的朱砂痣，和嫌惡的喊我猶丫義的聲音如此深刻的留在我的心裡。

保溫瓶裡的水還殘餘著昨日的些許溫度。窗簾上印著幾抹曬乾的蚊子屍血。不遠處碼頭上有一座塔，上面的警示燈徹夜亮著，港邊的雨因著風勢的加強鞭打著地面。夜慢慢走到盡頭。

「海埔仔真正變了很多。」一大早才五點多港邊那攤賣烏魚米粉的頭家，臉色已被燒滾的水氣蒸的紅通通地。「這兩年烏魚丫都被大陸丫捉空掃盡，像去年幾十隻船出去才抓八萬尾，照這樣看來，明年大家肚子得要束起來，吃土撿豬屎啦」，他一邊將大蒜三、兩下對折下鍋，加水加蓋，然後一邊抱怨。「往年很多人在這個季節從市內駛車來吃烏魚咧，這兩年人客減少，寒天賣這個算是虱目丫縴成後無聊，暫時度時機，不然沒法度啦。」

在我眼裡，村裡還是昔時舊風景。整片欖李林從港邊沿著二仁溪的入海口向堤防邊蔓延，油亮亮的葉子絲毫看不出是長在一條惡臭的河流裡。上游聽說開了間紙廠，廢水不斷往下流。我坐在堤上，看到穿著一身帆布衣的漁民駕著電動舺舨順著水勢而下，水波有種美麗純潔的紋路，油漬被劃開之後映照著藍天的靜美，爾後趨於平靜。岸邊幾個撥牡蠣的婦人摘下頭上的斗笠跟他打招呼，自然親切的像只是日常的瑣事。

堤的盡頭是離去時剛建好的新橋，應該是她最後流連的地方。新橋經不起時間折騰，日日看著流水，步入滄桑。石墩上寫著各式各樣奇特的名字，還有誓言那般的標語。比如像永恆。當我看到這個字眼時，來到心中的是那個早晨我所看見她最後的微笑。寶寶出生後，相似的笑容讓我意識到童年曾經對她不自知的殘忍，不言一語卻惡劣粗暴。被悔恨撕扯。

廟宇在十年前重新翻建，舊廟還是日據前從大陸來的師傅磚磚瓦瓦蓋的，屋頂上泥塑人物用琉璃瓦黏成他們的衣帽，帶著濃厚的泉州味。鳥常停在突出的飛檐上。只是一夕被摧毀。如今外觀被金漆塗抹的金碧輝煌，有一種世俗的圓滿，在快消失的霞靄中，此刻看來更像是荒地中發出幽光的地獄之門。人口外移，留著的只有老人。一個乾瘦的身體依靠在圍住石獅的鐵欄杆，臉整個皺在一起，像血肉抽離後用藥物保存的空屍，幾揪頭髮像稻草黏在耳上。很眼熟的一張臉，像那張ㄚ公的遺照。我想起那個老婦，ㄚ公的至親，跟ㄚ嬤卻結冤仇，聽說在一次爭吵中害ㄚ嬤流掉了惟一的男孩。

我要找什麼？雖然我相信她還活在世界的某一個角落，因為生命仍有種不完整的感受，像靈魂的部分脫離身體到遙遠去流浪。那個午後我依循她最終的步伐，去海邊的路上，每踏一步我便感受到絕望跟著節拍在身體隱隱作痛地反響。孤立的樹，涸乾的塭田，地平線。這難道就是我心中記罣的風景？

房子是在確定懷了第二個孩子以後才決定買的，妻的主意。如果靈魂無法找到安穩的居所，外在的遮蔽徒然生命的負擔，時候到了反倒捨不得離開。可是不解事的樂觀再次讓妻相信寶寶只是一次沒有理由的失誤。她的生命重新活潑盎然。傢具被陸續添購，放置妥當，窗外街燈在固定的瞬間投射進來，拉長的陰影被貼在織花地毯上。妻就像才第一次要當母親，為還是雛形的孩子準備她所能想到的，而從當中得到快樂，好像買的越多，這個孩子便已真正擁有。但不管怎樣，我覺得陰霾如影隨形，光明因此被彰顯。兒子在妻和母親的熱烈裡來到這個空間，她們用盡所有的方式來證明他的平凡。妻開始不願意她母親過度的幫忙照顧孩子。我看到她同時身為一個女人和母親。累得熟睡的妻聽見哭聲，在冬夜裡一次又一次掙扎地起身餵奶，那個孩子沒辦法適應市面上的奶粉，天生比別的生命羸弱，躲在嬰兒車裡，看起來像個蠶蛹。輕微的存在，跟寶寶的強健活潑恰成對比。

我幾乎以為命運真會開始善待我。一瞬間彷彿聽見蟬聲響徹木麻黃林，在我還未懂事前，跟在附近的大孩子背後，抓著竹竿到處黏樹上的蟬殼，那是記憶裡短暫的幸福。

妻纖細的身體，開始看來渾圓，一直覺得自己臉大的她在匆忙間為了方便而隨手將長髮用夾子挽上。乳頭因常常餵奶變得黝黑，某種幸福的印記。妻因快樂而感動。

那個下午學校忙著開校務會議，像往常那樣，鐘聲一響孩子在校園裡跑來跑去，碰傷了，哭過後下一堂課還能笑顏逐開地嬉鬧著。多麼幸福，卻毫無預警。

電話響著，警察局打來的，說妻在那裡，孩子卻不見了。如此突然，讓人手足無措，那時盤桓在心頭的竟然只有逃離的念頭。短暫的幸福已嘎然而止，像音樂到了最溫柔的段落被抽開唱針，發出刺耳錐心的聲響。滿屋子的嬰兒用品證明他徒然來了一遭，想想情怎以堪。

那件繡著小紅花的藏青色斗篷還收在櫥櫃裡，用樟腦丸好好保存著，是外婆為著心疼的孫子周歲送來的。來不及穿，也用不到了。

妻睹物思情，她等待著自己的身子毀壞，她期待悲慘。

好像記憶被打動，覺得這樣悲哀的感覺似曾相識。我與妻像兩座漂浮的島，各自陷溺在孤獨的傷痛水域裡。多久以前，曾經因為我不經意的盪近，她歡喜地回應著更多的溫柔和撫慰。如今當我試圖安慰她，想要付出卻感覺到彼此陌生。妻不斷喃喃自語，說只是轉眼間孩子就被抱走了。她說為什麼不是寶寶。我無言，瞭然於心的是妻需要我，只有我能夠將斷續的線再接上去，曾經讓人快樂到想放聲高歌的生活，如今已是無法銜接的殘片。

我想到很久以前曾叨念在心，和她步向白首的念頭。長久以來，讓她獨自承擔所有。想到自己在家的妻，冷不防地一陣心悸。

昨晚，妻用刀片割自己的手臂，血流了滿地。她說不是想死，只是要明白還痛不痛。失掉知覺的妻說離婚算了，免得面對相同的記憶，只有更提醒對方痛苦。陽台上的盆景已經枯萎，後巷冷冷清清，空蕩蕩的，只剩下風聲。

夜走到了最後，遠方還有人放著殘餘的煙花。幾個流浪漢睡在火車站的走廊上，用紙板覆蓋著身體。兒子和我有著同樣的命運，不知道自己從哪裡來，父母身在何處。我想起自己不斷逃離的日子，卻永遠重複著相同的一天。

或者在更遙遠的從前，永遠的一天，當不知名的男子姦淫了海埔ㄚ村那個愛笑的鳳嬌ㄚ。命運已經寫下第一個字。

作者簡介

李良安，台南人。成大中文系畢，東華大學創作與英語文學研究所二年級。

關於創作

我是李良安，默默無聞，只愛玩耍。

那年夏天

許榮哲

夜闇的林子裡，滿是明滅不定，青熒熒的光點。闇黑之中，有雙眼睛不停地眨啊眨的。

「螢火蟲像不像隱形人？」說這話的人叫陳皮。

陳皮說話時，眼睛總是不停地眨啊眨的，像夜裡的螢火蟲。後來，每當我回想起陳皮時，我也會不自覺地眨眼。

「哪裡像？」搭話的叫蕭國輝。我。

在夜的掩護下，我們兩人化約成四隻晶亮的眼睛。一雙眼睛一個世界。很像，但不一樣。

「它們一定很寂寞。」後來陳皮變成隱形人消失不見。

「你又知道了。」而我再也不敢出入林子。

＊

「ㄟ，蕭國輝。Firefly——lost——it's——way.」

「陳皮，你在唸什麼？」

「螢火蟲迷路了。」

「螢火蟲又不是瞎子，怎麼會迷路？」

「那這些螢火蟲哪來的，為什麼以前都沒有？」

直到現在，我還是無法確定那年夏天見到的螢火蟲，是不是真的像陳皮說的那樣——Firefly lost it's way. 但可以確定的是：那年夏天，我和陳皮在竹林裡看了一場又一場的螢火蟲花火晚會。

「ㄟ，蕭國輝，不要告訴別人喔！不然我們就看不到螢火蟲了。」

「為什麼？」

「因為螢火蟲不喜歡人類。」

「我不會告訴別人的，這是我們的秘密。」

自從陳皮告訴我竹林裡的秘密之後，我便每晚趁著家人睡著時，溜到林子裡和陳皮會合。林子裡雖然有些恐怖，但只要一想到如漫天繁星，輝煌不足以形容的螢火蟲花火晚會，我便顧不得夜裡可能會出現的什麼，直往林子裡衝。闇夜，通往竹林的路上，我可以聽得見自己的心臟噗通——噗通——的響。那是一點點的驚懼再加上滿溢的興奮。

那年夏天，天氣熱得離譜。

從我們上課的地方——三樓二年七班——望出去便是一條大馬路，再過去一點是一條和大馬路平行的鐵道，火車得很久才會經過一次，鐵道兩側是一段曲折不整的柏油路面。每到中午最熱的時候，鐵道、柏油路和柏油路上的電線桿便會以不同的姿態，扭曲變形浮晃起來。我習慣瞇著眼睛，使勁盯著電線桿瞧，想像那是我用「特異功能」使它動起來的。

我們生物老師說，天氣會這麼熱是因為「聖嬰年」的緣故，聽蟬叫聲就知道了。的確，那年夏天的蟬是有點誇張，有時還得關上窗戶，課才上得下去。我的座位靠窗，翻過一堵牆便是鎮上的大馬路，我討厭關上窗戶，因為窗外的風景比窗內的好。

我們生物老師還說，當「聖嬰年」來的時候，天氣就會變得很熱很熱，動物會發生異常行為。他說巴西就曾發生過幾千隻大海龜集體從海底爬上岸的奇觀。我想，螢火蟲很可能就是因為天氣太熱受不了，所以集體蹺家到一個比較涼爽的地方。我們學校後山的竹林裡本來什麼都沒有的，突然有一天，螢火蟲就來了，而且是扶老攜幼成群結隊。我想螢火蟲會來竹林，一定是因為竹林裡是全鎮最涼爽的地方。

闃黑沁涼的竹林，成群的螢火蟲以某種奇特的韻律感，不停地穿梭來回，忽遠忽近、時明時滅，我和陳皮恍若置身熱帶魚聚游的海底。

「陳皮，你知道螢火蟲是從哪來的嗎？」

「可能是『黃蝶翠谷』吧。」（注❶）

「那螢火蟲來這裡幹嘛？牠們是來這裡避暑的，對不對？」

「不對。牠們本來不是要來這裡的，牠們是迷路了。」

「那牠們本來要去哪裡？」

「秘密。」陳皮的眼睛眨了一下。

陳皮每次答不出話時，便會用「秘密」兩字敷衍過去。而此時，他的眼睛便會不自覺地眨動。

「ㄟ，蕭國輝，你猜這裡有幾隻螢火蟲？」

「嗯——，一千隻。我們來數數看，好不好？」

「屁啦，又不是在數香蕉，就算你抓得完也數不完。」

「那——，那我們就當這裡有一千隻好了。」

「屁啦，看我的。你先幫我抓幾隻螢火蟲。」在陳皮的語言邏輯裡，「屁啦」表強烈否定，帶著你無從去抗辯的什麼。

之後，我便和陳皮在竹林裡捉起螢火蟲。

捉螢火蟲再簡單不過了，因為螢火蟲飛行的姿勢非常從容優雅，不怎麼像在飛行，倒像是在滑翔或浮游，只要你欺身輕挪身形，便能將牠們迎到手心。

「蕭國輝，把螢火蟲給我，我要在螢火蟲身上作記號。」

「為什麼？」

「生物課本上有寫，這叫『捉放法』。先捉幾隻螢火蟲做上記號，然後把牠們放回去，之後再去捉幾隻回來，依比例便能推算出全部的螢火蟲。有點像民意調查，你隨便問幾個人，就知道所有人的意見。很神奇就對了。」

「準嗎？」

「秘密。」陳皮的眼睛又眨了一下。

陳皮是我最要好的朋友，他的話很少，在班上他幾乎不講話，整天像個隱形人癱倒在教室最邊邊的角落。就像武俠片中，千山我獨行不必相送的俠客一樣，江湖的恩怨情仇皆與他無關。可是不知怎麼的，陳皮特別喜歡同我講話，這使我覺得非常榮耀。因為我覺得他很有智慧，我總覺得陳皮那些雲淡風輕的話裡，帶著遙遠的什麼。

而陳皮他爸是種菸草的，那沒什麼特別，鎮上每個大人都種菸草。我很害怕我長大後也得種菸草，不過幸運的是我爸不種菸草，他的職業是自由業。

陳伯伯的生活很簡單：種菸草、採菸草、烘菸草、賣菸草，然後買菸草、抽菸草。可是簡單不一定快樂，因為陳伯伯每次抽菸草時，他的眼神看起來總是比他吐出去的煙霧還要迷濛。

如果，我的老婆和小孩都是隱形人，我恐怕也會每天煙裡來霧裡去，把自己的世界搞得烏煙瘴氣，哪還管得了菸草的死活。每當我這麼想時，我便覺得陳伯伯很堅強。

說起陳皮的狗屁倒灶事那可多了，但真正值得一提，且深具殺傷力和關鍵性的一件事，反而是一件當時我覺得沒什麼的小事。

有一次考默寫時，好像是諸葛亮耍婊，騙得司馬懿直說你好毒你好毒，毒毒毒…那一課，陳皮在考卷上瞎掰胡扯，隔天朝會的時候，陳皮竟然被我們訓導主任叫到升旗台前朗誦他的默寫文章。

那次，陳皮尷尬中又帶點志得意滿，在升旗台上朗誦他的「空床記」——豬哥亮，蓋美濃人渣也，為人性好漁色。於「天天開心」電話交友中心結識司馬玉——嬌…，台下每個人都笑得東倒西歪不可抑遏。當陳皮唸完後，我們訓導主任帶著似笑非笑的詭異面容，當著全校一千多人面前，狠狠地刮了陳皮十幾個耳光，然後搶下陳皮的考卷，當場撕碎撒向空中，並透過麥克風痛斥陳皮，「小丑」。

那次陳皮一反常態，噙著淚水，陰狠地瞪著我們訓導主任（以往陳皮被處罰時，總是一付關我屁事的鳥樣）。我們訓導主任並沒有被陳皮的犀利眼神給嚇著，反而直斥：「怎樣？反對嗎？你不是小丑嗎？你就是小丑。」

此後，陳皮就變得怪怪的，每回上課，他便直接趴在桌上睡覺，有時還連續跨過好幾堂課，也沒見他起來過。

那年夏天，我和陳皮為了確定竹林裡究竟有多少隻螢火蟲，於是我們一連好幾個晚上都在闃黑、恍如深海的竹林裡不停地來回穿梭。

「立可白不是有毒嗎？」

「屁啦，如果立可白有毒，我們早就被毒死了。」

「如果多塗幾點，螢火蟲看起來就像星天牛耶！」

「不要塗那麼多點啦，只要做個記號就行了，不然牠們會飛不起來。」

「那要不要塗對稱？這樣飛起來應該比較能平衡。」

「螢火蟲民調」約略分成幾個步驟：捉到，作上記號，放掉，最後再捉回來，統計。整個計數過程，程序紛亂冗長耗時，但我們卻饒有興味地沉浸其中。

「算出來了沒？」我張口歪脖，蹲坐在薄涼的草地上，像個賭徒似的，等待作莊的陳皮開盤。

「算出來了，一共是七千五百隻。」

「怎麼可能。你昨天不是算五百隻嗎？怎麼才過了一天，就變成七千五百隻。差這麼多，一定是你算錯了。」

「屁啦。是生物課本亂寫，什麼『捉放法』嘛！」

於今想起，那樣的光景，在時空的交錯剪接下，成了這樣的畫面：靜默無聲，蓊鬱如林的深海，光影斑點浮動，款擺的流螢、巡游的熱帶魚擦身而過，我和陳皮兩人成了嬉遊潛泳的蛙人。

就像我們生物老師說的，「聖嬰年」來的時候，天氣就會變得很熱、很熱，生物會發生異常的行為。那年夏天，我家也不太尋常。我媽整天盯著電視裡，身穿鼠灰色西裝的股票解盤分析師，時而抓耳撓腮，時而點頭稱是，像在修練一門詭譎深奧的絕世武功。因為據消息靈通人士指稱：股市會衝到一萬五千點。我媽說不玩白不玩，所以她也跟著買了幾支最便宜的，但總結下來，好像還倒賠五佰多塊。

我爺爺則是每天報紙、廣播、電視call in節目一個都不放過，邊看還邊罵，王八蛋、不要臉、政客⋯⋯。他還常常捉著我的手臂說：「國魂啊，你千萬不能投給那個誰誰誰，因為他會A錢、是賣國賊⋯⋯。」我真想對他說：「我才十四歲，根本就沒有投票權，而且我叫『國輝』，不叫『國魂』。」反正，我爺爺就像個登錯台的演員，一個配槍的西部牛仔卻妄想扛起整個中原武林的公理正義。

還有，我爸終於找到工作了，他的職業從「自由」變成「東廠鷹爪」。我爸會去「水資源局」工作，也是逼不得已的，因為他失業太久了，若不是「水資源局」用人的唯一條件是「必須是美濃人」，我爸哪有資格。我知道這叫「師夷之技以制夷」，用美濃人來對付美濃人，而我爸就是那個「夷」。

「ㄟ，蕭國輝，螢火蟲像不像隱形人？」

「哪裡像？」

「你看，螢火蟲一閃一閃的，燈一亮就出現，關了燈便消失。如果我是螢火蟲就好了。」

我想，人天生就喜歡偽裝，渴望變成他人，像竹節蟲、像枯葉蝶、像陳皮。許多年後，當螢火蟲消失，陳皮變成隱形人，我還會時不時地想起那個變裝遊戲。

「ㄟ，蕭國輝，我們來玩『超級變變變』的遊戲好不好？」

「什麼是『超級變變變』？」

「你都沒在看電視喔，就是變裝遊戲啊！」

把自己變裝成一隻大螢火蟲，這樣怪異的想法讓我興奮了好些天。不管上課，還是下課，我滿腦子都是螢火蟲。要如何才能變得跟螢火蟲一模一樣呢？耶穌基督給了我一個靈感。首先，我找來長條形氣球，把它吹漲，塞進一隻又一隻的螢火蟲，然後把氣球綁緊，圈成一個圓，最後將螢火蟲光環套在頭上——我是一隻大螢火蟲。

夜裡，我戴著自製的螢火蟲光環，和抑不住的竊笑（再沒有人比我更像螢火蟲了），到竹林裡和陳皮會合。

到了竹林時，我看傻了眼。

竹林裡，風捲起無邊的幽闇，蟲聲點綴夜的靜默，只有螢火蟲此起彼落，幽靈似的閃著青冷的光。陳皮用一種很優雅的姿勢，像隻無尾熊攀附在竹子上，他的屁股一閃一閃發著螢光。

「ㄟ，蕭國輝，我像不像螢火蟲？」陳皮蜷縮著身子，咧開嘴笑。我有個錯覺，下一刻，陳皮便會張開翅膀，變成一隻大螢火蟲飛走。

「陳皮，那我像不像螢火蟲？」我反問。

「屁啦，你根本不像，好不好。螢火蟲發光的部位是在屁股，又不是頭頂。」

那年夏天，美濃鎮上也熱得不得了，熱像隻獸蹲伏在每個美濃人的體內，每天都有人在示威抗議。因為政府想在美濃興建一座水庫，上頭說如果再不建水庫，每個人都會渴死；如果建了水庫，不但有水喝，還可以促進地方繁榮。但我們老師說，因為人類的任意破壞，大自然已經滿目瘡痍了，為了「青山常在，綠水常流」，所以希望每位同學回家都能夠轉告家長：「小鎮一樣可以敵國，我們不需要水庫，我們只要美麗的家園。」

其實我也很愛大自然啊，但是我不敢跟我爸說，因為我爸就在「水資源局」工作，而「水資源局」就是要建水庫的。更何況每次我想跟我爸說些什麼，他都不會注意聽，只會盯著電視有一搭沒一搭地虛應你幾句，說些像是「奇怪，大自然是有錢有閒的人在享受的，卻要我們這些窮老百姓來保護。騙猶ㄟ，我又不是潘仔。」；不然就是「保護大自然，是小學生應盡的義務，歹勢，恁爸已經長大了。」然後，自顧自地手握遙控器不停轉台、打哈欠。最後，便斜靠在我們家客廳的木製藤椅上，張著嘴睡著。

竹林裡幽黯涼爽、流螢四佈，涼風擦磨過竹葉，帶著清香味摩挲著我和陳皮的臉頰。那時，我們最常幹的事就是仰躺在竹林的草地上，望著漫天的熒火幻想。幻想自己是阿姆斯壯，在群星之中漫舞，舞著舞著，原本靜默的星群便會開始打漩，焚燒迴轉。

「ㄟ，蕭國輝，你知道竹林裡為什麼這麼涼嗎？」

「為什麼？」

「因為螢火蟲屁股上的光是冷的。」

「那竹林外呢？為什麼那麼熱？」

「因為蟬，牠們吵死人了。」

在學校課堂上，我總因空氣滯悶、蟬聲惱人，而在不知不覺中昏睡過去；而在校外竹林裡，因為涼風怡人、因為螢光紛雜，我則常常看見意外的風景：漫天繁星之中，我穿著太空衣在外太空漫遊，然後我看到嫦娥在伐樹、吳剛在搗藥、小白兔奔月⋯⋯。最後，連陳皮也來了，他說：

「ㄟ，蕭國輝，你又睡著了喔？」

我總覺得，深夜的竹林，一個祥和靜謐的片刻，不到另一個世界漫遊是很浪費時間的。當然，任何一個吵雜無趣的上課片段，也都是逃離現實的好機會。

我想，那時才十四歲的我，最感興趣的事物除了螢火蟲之外，便是睡覺了。

「ㄟ，蕭國輝，螢火蟲一定很寂寞。」陳皮說話的時候，一隻螢火蟲悄無聲息地落在他的衣領上，並沿著衣緣緩緩爬行。

「你又知道了。」

「屁啦，我怎麼不知道。如果你是隱形人，大家都看不到你，那你會不會寂寞？」螢光一閃一滅，螢火蟲沿著陳皮的頸脖環行一周後，便展翅飛走。

現在回想起來，螢火蟲會讓人感到寂寞的原因，除了牠是隱形人之外，另一個原因便是牠的安靜無聲。

「離家出走」是陳皮他們家的遺傳，陳媽媽在陳皮出生後不久，便送了頂綠帽子給陳伯伯戴，然後變成一團空氣消失；至於陳皮他哥還算像話，儘管在外頭是個鬼見愁的狠角色，但對陳伯伯的詛咒辱罵，甚至拳打腳踢，只在忍無可忍之下，象徵性地回了一拳，不料這一拳卻把自己給轟出家門。

陳皮老說，總有一天他也要走，他快準備好了。我不知道他在準備什麼，離家出走要準備些什麼嗎？

大家都說陳皮和他哥一樣，是人渣、破銅爛鐵，我卻不這麼認為。我們生物老師曾經說過，蝴蝶在蛻變之前，會偽裝成醜不啦嘰的毛蟲，忍受大家的嘲笑，而嘲笑會變成一股蛻變的動力。我想陳皮也一樣，陳皮老是說他在準備離家出走，可是他什麼準備也沒有，只是不停地惹事生非而已。一直到很後來我才想通，陳皮所謂的準備離家出走，其實就是不停地鬧事，直到他覺得自己真的再也回不去了，那離家出走便成功了。

鍛鍊自己成為人渣、破銅爛鐵，只是陳皮為了離家出走所做的準備，像醜陋的毛蟲是漂亮蝴蝶蛻變的動力一樣。

夜闇的林子裡，滿是明滅不定，青熒熒的光點，闇黑之中，有雙眼睛不停地眨啊眨的。

「ㄟ，蕭國輝，你知道嗎，螢火蟲小時候長得奇形怪狀，又醜又恐怖，有點像蜈蚣的『酷斯拉』版。」

「真的嗎？」

「真的，但是長大以後就變漂亮了。」

「像蝴蝶一樣？」

「沒錯。螢火蟲小時候長得很矬，專吃蝸牛、福壽螺，儲存大量養份，等到長大變漂亮了，牠們就不吃不喝，頂多只喝一點露水，然後打著燈籠，亮著屁股找其他螢火蟲打炮，傳宗接代。」

我從沒見過陳皮所謂的「酷斯拉」螢火蟲，我甚至懷疑它的真實性，因為我實在無法把螢火蟲這麼優雅的昆蟲和噁心的酷斯拉、蜈蚣聯想在一塊兒。但我相信人長大之後，都會變成另外一個人。

「ㄟ，蕭國輝，你知道嗎，美濃只有兩種人，一種是放在水裡會浮起來的，叫『人渣』；另一種

是放在水裡會沉下去的，叫『破銅爛鐵』。」（注2）

陳皮很喜歡講一些稀奇古怪的名言，不過那不是千山萬水的江湖路教會他的，而是他看了很多電視。陳皮喜歡在電視裡尋找哲理，好應用在日常生活上。他說過，「打開電視，你就走進江湖。」我猜這句話也是從電視裡學來的。

「什麼意思？」

「意思是說，如果你繼續待在美濃，有一天你一定會變成人渣、破銅爛鐵，因為美濃是一灘死水。如果你繼續活在死水裡，當然不是浮起來變成人渣，就是沉下去變破銅爛鐵。」

「噢——」

「上課時，每次一有火車經過，我就在想火車究竟會開往哪裡？會不會開離美濃，離開這灘死水。等我準備好了，就要離開這裡。」

「陳皮，你在準備什麼？你要去哪裡？」

「秘密。」陳皮的眼睛眨啊眨的，時明時滅，像螢火蟲。

雞蛋孵化成小雞、生米煮成熟飯、青蕉悶成香蕉……，一切都是因為熱。

那年夏天因為熱，我學到很多，像是蟬和蒼蠅、螢火蟲和蟑螂原來是明星臉；熱與蟬、冷與螢火蟲存在某種神秘，難以理解的關聯。更重要的是，原來熱會把人給推向江湖。

大約在螢火蟲出現後沒幾天。

「想不想去台北玩？」吃晚飯的時候，我爸突然這麼問我。

我爸說，這是他們局裡辦的活動，要去石門、翡翠水庫玩，全程免費，還有小禮物可以拿。我爸說不去白不去。我媽嘴裡嚼著飯菜，猛點頭說：「免錢ㄟ——，不去——白——不去。」我爺爺突然拍桌子大叫：「免費？錢是不是A來的。」飯桌上沒人作聲，我們都心知肚明，爺爺的病是愈來愈嚴重了，以前他只是記性差，常常忘東忘西，現在剛好相反，報紙上寫什麼他都記得一清二楚，只是他常常會把人、事、物胡亂兜在一塊兒。

我媽說我爺爺得了老人痴呆症。我想我以後一定也會得到老人痴呆症，因為每個家族都會有一種屬於自己的遺傳病，像陳皮他們家的遺傳病就是「隱形人」。

「ㄟ，蕭國輝，螢火蟲好像變少了耶！」

「有嗎？」

「你看這裡，只有一、二、三、四、五隻，那裡也只有一、二、三隻，其他的螢火蟲都跑到哪去了？」

「大概是牠們已經找到回家的路了吧。」

許多年後，每當我向友人提及那年夏天、美濃、竹林、螢火蟲時，總會遭來非議：台灣夏天根本沒有螢火蟲，螢火蟲只在春秋之際出現。如果真是這樣，那我和陳皮在竹林裡看到的究竟是什麼？有什麼昆蟲長得像螢火蟲，而且還會發光的嗎？還是我搞混了，這一切的一切都是那年春天（秋天）發生的事，而非夏天。

「ㄟ，蕭國輝，你知道怎麼分辨好人和壞人嗎？好人會在打你之前遲疑兩秒鐘，壞人想都不想一拳就揮過來了。」

「誰告訴你的？」

「反正我就是知道，而且根據我的臨床經驗指出，這是真的。」

「什麼臨床經驗？」

「像我爸在扁我的時候，都會遲疑一下下。ㄟ，蕭國輝，你以後要幹嘛？」

「我？我沒想過耶。你呢？」

「我要當『全民開講』的主持人。」

「什麼意思？」

「那我想叫誰閉嘴，誰就得閉嘴。」

在夜的掩護下，我和陳皮兩人化約成四隻晶亮的眼睛。一雙眼睛一個世界。很像，但不一樣。

「ㄟ，蕭國輝，你肩膀上停了一隻螢火蟲耶。」

我側頸斜視，螢火蟲一閃一閃的，時隱時現。

「隱形人來向我們道別了。」陳皮幽幽的說。「牠們又要走了，沒有一個地方適合牠們，因為每個地方都有人類。」

混帳打混仗——這是我爺爺說過，最像人講的一句話。

隔天，我們全家便坐著遊覽車上台北，到石門、翡翠水庫，但不是去玩，只是順道經過，然後下車撒泡尿而已，再然後我們就被載到立法院了。

到了立法院可好玩了，有兩派人馬（贊成、反對建水庫）在立法院外叫囂對峙。所以，你可以隨便大吼大叫、隨便亂丟東西，真是爽斃了。可奇怪的是，他們吵歸吵，罵歸罵，雞蛋丟的卻是同一個方向——立法院。

雞蛋丟著丟著，我媽突然問我爸：「咱們是那一國的？」那時，我爸正拿起一顆超大的雞蛋準備執行轟炸任務，「問句」確乎砸中我爸的痛處，以致轟炸過程出現不完美的頓點。

「應該反水庫，因為我們老師說，建水庫可以，但別想建在我們家頭上。」

「囝仔人嘜黑白講，呷人的頭路，加減要替人講一兩句話。」我媽和我持不同觀點。

我爸搖搖頭又點點頭說：「睬伊去死，恁爸是中華民國ㄟ。」

「混帳——」我爺爺冷冷地說，「打混仗。」充滿智慧。

當晚，晚間新聞的頭條便是「小鎮怒吼，美濃敵國」，只是整個播出畫面搖晃得厲害，還有隻手不停地在鏡頭前揮舞，像惱人的蒼蠅。我爺爺說，那是他的。

後來我才知道，原來這一切都是陰謀，我們一家人都被當成二佰五——被某某導演用小禮物騙來的臨時演員——任務是扮演為期一天的贊成興建水庫人士。

總之搞到後來，我也不知道為什麼要建水庫、又為什麼要反水庫。我們生物老師說過，不管對的錯的，都不是純粹的。就像大家都說南極臭氧層破了一個洞，真的是這樣嗎？存在了四十多億年的東西，你如何在幾十年內，就斷定它如何如何呢？有時候，事實不過是一張嘴。

我知道我們生物老師的意思，就像學校外面柏油路上扭曲變形的行人、車子、電線桿一樣，它們都已經不是原來的樣子了。

「汝確定是這裡？」我媽一臉狐疑。

「嗯——？應該是這裡沒錯。」我爸的臉色一陣紅一陣青。

「那怎麼沒看到半條人影？」

我最後一次看到螢火蟲，是在鎮上的廣場。那天晚上，我爸說要帶我們全家去參加「美濃水庫說明大會」，是水資源局辦的，去的人都有神秘小禮物可以拿。我媽說，有沒有確定啊，不要像上次那樣，不但沒有拿到禮物，還被捉去湊人數、胡亂抗議。我爸說，肯定！搞不好還有出席津貼呢。我媽說，那不去白不去。可是不知道是我爸聽錯了，還是又被擺了一道，根本就沒有什麼「美濃水庫說明大會」。

「喂，廣場頂頭是啥米碗糕？」我媽指向廣場上方，一團像月暈一樣的不明物體。

「鬼火——，國魂啊，有鬼火——」我爺爺扯著我的袖子尖叫。

「啊，我知啦，是蝴蝶啦。」

「蝴蝶會發光？」

「汝不知喔，聽講有一種蝴蝶會發光喔。」

「發汝的大頭。」

我爸和我媽爭論不休。

「是螢火蟲，那是螢火蟲啦。」我驚呼，原來螢火蟲都跑到這裡來了。

「火金姑？這攏什米時代啊，還有火金姑？我看是有人在放天燈啦。」

「汝後生講的沒錯，是火金姑沒錯。」

「火金姑怎麼會飛來這裡？」

「咁會是從『黃蝶翠谷』飛來的？」

「有可能喔，可能是『黃蝶翠谷』要建美濃水庫，牠們沒所在可去了，所以四界亂亂飛，我看牠們是迷路了。」

「迷路？咱們才迷路咧，汝到底有沒有記錯？」

「嘸不對啊！我聽說是在這裡啊。」

隔年夏天，天氣還是很熱，蟬叫聲依舊惱人，至於水庫建不建還在吵，只是我爸和我媽的立場愈來愈堅定了——搖擺再搖擺。

但還是有些事已經不一樣了。

隔年夏天，竹林裡空空的，螢火蟲再也沒有回來過。還有，陳皮真的變成隱形人了。那年夏天，放暑假的頭一天，陳皮用立可白在我們訓導主任的轎車上寫下「幹你娘，你才是一個小丑。人渣陳皮留」。並且在全校各班級的黑板上寫下「空床記」全文。黑板上，寫滿歪斜扭曲，用立可白塗寫的字，像一塊大匾額。最後還有陳皮的落款題字——「第二十一屆傑出校友陳皮贈」。

之後，陳皮就消失了，像林子裡那群迷路的螢火蟲一樣，不知道去哪了。

而我每每在上課時，便會出神地望著窗外發呆。我對「特異功能」已經沒興趣了，但是窗外柏油路上的電線桿還是一直扭個不停。

那年夏天發生的一切一切，就像一列駛過窗外柏油路面的火車，拖曳著長長的車廂，螢火蟲、陳皮、我都在其上，只是每個人的身形面容都已經扭曲凌擾起來。火車欽鏘——，欽鏘——，不知開往何處。我彷彿還能聽見火車上自己和陳皮的對話。

「陳皮，火車要開去哪？」

「秘密。」

「又是秘密。」

注❶：黃蝶翠谷是美濃水庫預定地。

注❷：語出《廢五金少年的偉大夢想》一書。

作者簡介

許榮哲

台南縣下營鄉人，一九七四年生。

台大農業工程學研究所畢業，曾任台大農工所研究助理、耕莘青年寫作會總幹事，現就讀東華大學創作與英語文學研究所。曾獲時報文學獎、梁實秋文學獎、寶島文學獎、吳濁流文藝獎、教育部文藝創作獎、國家文化藝術基金會創作補助等。著有短篇小說集《迷藏》。

關於創作

創作是一種飛翔。

朋友問我，怎樣才能飛？我帶他爬上新光三越頂樓。

「只要你膽敢往下跳，你就能飛。」我說。

他先是一愣，然後……縱身往下跳。

「我懂了。飛翔需要勇——氣——」他的聲音傳來。

望著他急速下墜的身影，我喃喃道：「飛翔的確需要勇氣，但更需要智慧，最好能再加上想、像、力。」